Ceffyl Rhyfel

Michael Morpurgo

Addasiad Casia Wiliam

Gwasg Carreg Gwalch

Argraffiad Cymraeg cyntaf: 2010
Ail argraffiad: Ebrill 2016

Cyhoeddwyd yn wreiddiol yn Saesneg yn 1982 gan Egmont UK Cyf.
dan y teitl *War Horse*.

Rhif rhyngwladol: 978-1-84527-295-1

Mae'r cyhoeddwyr yn cydnabod cefnogaeth ariannol
Cyngor Llyfrau Cymru.

Cyhoeddwyd yn Gymraeg gan Wasg Carreg Gwalch,
12 Iard yr Orsaf, Llanrwst, Conwy, LL26 0EH.
Ffôn: 01492 642031 Ffacs: 01492 641502
e-bost: llyfrau@carreg-gwalch.com
lle ar y we: www.carreg-gwalch.com

Argraffwyd a chyhoeddwyd yng Nghymru.

GAIR GAN YR AWDUR

Yn yr hen ysgol, sydd bellach yn cael ei defnyddio fel Neuadd y Pentref, o dan y cloc – yr un sydd a'i fysedd yn pwyntio at un munud wedi deg ers cyn cof – mae yna lun bach llychlyd o geffyl. Ceffyl rhuddgoch rhagorol ydi o, gyda chroes wen wedi'i pheintio ar ei dalcen a phedair hosan wen am ei garnau. Mae rhyw olwg hiraethus arno, ei glustiau wedi codi a'i ben ar un ochr, fel petai o newydd sylwi ein bod ni'n edrych arno.

Ni fydd y rhan fwyaf o'r bobl sy'n dod i'r neuadd – ar gyfer cyfarfodydd y plwyf, swper cynhaeaf neu nosweithiau cymdeithasol – yn craffu ar y llun, dim ond yn cael rhyw gipolwg arno wrth basio. Iddyn nhw, dim ond hen beintiad olew o geffyl anhysbys, wedi'i beintio'n ddigon celfydd gan arlunydd anhysbys, sydd yno. Mae'r llun mor gyfarwydd yno ar y wal, nes prin bod pobl prin yn sylwi arno bellach. Ond bydd y rhai sy'n craffu arno'n gweld ysgrifen ddu ar waelod y ffrâm efydd:

Shoni.
Peintiwyd gan y Capten Jâms Nicholls, hydref 1914.

Rhyw lond dwrn o bobl y pentref, a llai fyth wrth i'r blynyddoedd fynd heibio, sy'n cofio Shoni fel roedd o. A dyna pam mae hanes Shoni'n cael ei adrodd – rhag i neb anghofio amdano. A rhag i neb, chwaith, anghofio am y rhyfel roedd o, a phawb oedd yn ei adnabod, wedi byw drwyddo a marw ynddo.

PENNOD 1

Mae f'atgofion cynharaf yn un dryswch o gaeau bryniog, stablau tamp a thywyll, a sŵn llygod mawr yn sgrialu ar hyd y trawstiau uwch fy mhen. Ond dwi'n cofio diwrnod yr ocsiwn yn iawn. Mae arswyd y diwrnod hwnnw wedi aros efo fi hyd heddiw.

Do'n i ddim yn chwe mis oed, hyd yn oed, ar y pryd – yn ebol bach trwsgl, hirgoes, nad oedd wedi bod ymhellach na llathen neu ddwy oddi wrth ei fam. Mi gawson ni'n gwahanu y diwrnod hwnnw yng nghanol holl ddwndwr yr ocsiwn, a welais i mohoni hi fyth wedyn.

Roedd Mam yn chwip o geffyl gwaith ffrem, er nad oedd hi'n ifanc, a holl gryfder a nerth caseg Wyddelig i'w gweld yn amlwg yn ei choesau blaen ac ôl. Cafodd ei gwerthu o fewn ychydig funudau, a chyn y medrwn i ei dilyn hi drwy'r giât roedden nhw wedi'i chipio hi o'r cylch ac allan o 'ngolwg. Ond efallai nad o'n i mor hawdd cael gwared ohonof. Efallai mai'r olwg wyllt yn fy llygaid i wrth i mi chwilio'n ofer am Mam oedd ar fai, neu efallai nad oedd yr un o'r ffermwyr na'r sipsiwn yn awyddus i brynu ebol coesfain, hanner-pedigri y diwrnod hwnnw. Beth bynnag oedd y rheswm, bu cryn ddadlau ynghylch pa mor isel oedd fy ngwerth. O'r diwedd, clywais y morthwyl yn taro'r pren a chefais fy ngyrru trwy'r giatiau allan i'r gorlan.

'Ddim yn ddrwg am dair gini, nac'di? Nag wyt, 'rhen geffyl bach penboeth? Ddim yn ddrwg o gwbl.' Roedd y llais yn gras ac yn dew gan ddiod – llais fy mherchennog newydd. Fedra i mo'i alw'n feistr – dim ond un dyn fu'n feistr arna i erioed. Roedd rhaff yn llaw fy mherchennog wrth iddo ddringo'n drwsgl i mewn i'r gorlan efo tri neu bedwar o'i ffrindiau wynepgoch yn ei ddilyn, a rhaff yn llaw pob un. Roedden nhw i gyd wedi tynnu'u hetiau a'u siacedi, wedi torchi llewys eu crysau, ac yn chwerthin wrth nesáu tuag ataf. Do'n i erioed wedi cael fy nghyffwrdd gan unrhyw ddyn o'r blaen, felly dechreuais symud yn ôl cyn gynted ag y medrwn nes teimlo haearn oer y barrau yn fy atal rhag mynd ddim pellach. Neidiodd y dynion amdanaf ar yr un pryd, ond roedden nhw'n rhy araf, ac mi lwyddais i lithro heibio iddyn nhw i ganol y gorlan cyn troi i'w hwynebu eto. Doedden nhw ddim yn chwerthin erbyn hyn. Mi waeddais am Mam a chlywed ei hateb yn atsain yn y pellter.

I ffwrdd â fi fel mellten wrth glywed ei chri. Ond wrth i mi hanner hyrddio, hanner neidio dros y giât, aeth fy nghoes flaen yn gwbl sownd, a minnau'n methu symud modfedd. Yna teimlais ddwylo'n tynnu'n greulon ar fy mwng a 'nghynffon, a rhaff yn tynhau am fy ngwddw. Cefais fy nhaflu i'r llawr, a neidiodd dynion arnaf i'm rhwystro rhag dianc. Mi fues i'n stryffaglu nes 'mod i'n wan, gan gicio'n ffyrnig pan deimlwn y dynion yn llacio'u gafael rywfaint, ond roedd gormod ohonyn nhw, ac roedden nhw'n rhy gry i mi. Mi deimlais y penffrwyn yn cael ei dynnu dros fy mhen a'i dynhau am fy wyneb a 'ngwddw.

'O, ti'n dipyn o baffiwr wyt ti?' meddai fy

mherchennog, gan glymu'r rhaff yn dynnach fyth a gwenu drwy gil ei ddannedd. 'Dwi wrth fy modd efo paffiwr, ydw wir. Ond mi dorra i chdi, un ffordd neu'r llall. Ti'n meddwl dy fod ti'n dipyn o geiliog, dwyt ti, ond mi fyddi di'n bwyta allan o'm llaw i mewn chwinciad chwannan.'

Wedi iddyn nhw fy nghlymu wrth drol y fferm gerfydd rhaff fer am fy ngwddw, i ffwrdd â ni; roedd pob plwc a thro yn y lôn yn tynnu'n egar ar fy ngwddw. Erbyn i ni gyrraedd lôn y fferm a chroesi'r bont tuag at y stablau, fy nghartref newydd, ro'n i wedi ymlâdd, yn laddar o chwys a'r penffrwyn wedi crafu croen fy wyneb at y cnawd. Yr unig gysur i mi yn y stablau y noson honno oedd gwybod nad o'n i ar fy mhen fy hun. Arweiniwyd y gaseg oedd wedi tynnu'r drol yr holl ffordd adref i mewn i'r stabl nesaf at f'un i. Wrth iddi basio mi stopiodd am eiliad ac edrych arnaf gan weryru'n dawel. Ro'n i ar fin mentro'n nes ati pan welais fy mherchennog newydd yn codi'i chwip ac yn waldio'r gaseg mor galed nes gwneud i mi swatio'n ôl yng nghornel bellaf y stabl.

'Dos i mewn i fanna, Cari, 'rhen gnawes,' gwaeddodd y perchennog yn floesg. 'Ti'n rêl niwsans – paid ti â meiddio dysgu dy hen gastia drwg i'r un ifanc 'ma.' Ac er fy mod i wedi dychryn, mi welais yn yr eiliad fer honno lygedyn o garedigrwydd a chydymdeimlad yn llygaid yr hen gaseg, ac mi lwyddodd hynny i godi mymryn ar fy ysbryd.

Cefais fy ngadael yno heb na dŵr na bwyd wrth i'r perchennog hercian ar draws y buarth i'r tŷ fferm. Roedd yna sŵn lleisiau'n gweiddi a drysau'n clepio, ac yn sydyn clywais sŵn traed yn rhedeg ar draws y buarth a lleisiau llawn cynnwrf yn dod yn nes. Daeth dau ben i'r golwg wrth ddrws y stabl. Bachgen ifanc oedd un, ac edrychodd arnaf yn ofalus am sbel cyn dechrau gwenu fel giât.

'Mam,' meddai'n bwyllog, 'mi fydd hwn yn geffyl rhagorol a dewr. Yli sut mae o'n dal ei ben. O, sbia arno fo,' llefodd, 'mae o'n wlyb socian. Mi fydd raid i mi ei rwbio fo'n dda i'w sychu.'

'Ond mi ddwedodd Dad wrthat ti am ei adael o, Albert,' meddai mam y bachgen. 'Dweud y basa'n gwneud lles iddo fo gael ei adael ar ei ben ei hun.'

'Mam,' meddai Albert, gan gau bolltiau'r drws ar ei ôl. 'Pan mae Dad wedi meddwi tydi o ddim yn gwybod be mae o'n ddweud nac yn ei wneud. Ac mae o wastad yn feddw ar ddiwrnod marchnad. Rwyt ti wedi dweud wrtha i ganwaith am beidio cymryd sylw ohono fo pan mae o fel'na. Rho di fwyd i 'rhen Cari, Mam, ac mi edrycha i ar ôl hwn. O, tydi o'n ddel, Mam? Mae o bron â bod yn goch – rhuddgoch ydi'i liw o, yntê? Ac mae'r groes wen 'na i lawr ei drwyn o'n berffaith. Welest ti erioed geffyl arall efo croes fel'na o'r blaen, Mam? Welest ti erioed y ffasiwn beth? Mi fydda i'n marchogaeth y ceffyl yma pan mae o'n barod. Dwi am ei farchogaeth o i bobman, a fydd 'na ddim ceffyl tebyg iddo yn unman yn y plwy – yn unman yn yr holl wlad!'

'Newydd droi dy dair ar ddeg wyt ti, Albert,' medda'i fam o'r stabl drws nesa. 'Mae'r merlyn yn rhy ifanc ac rwyt tithau'n rhy ifanc, a beth bynnag, mae dy dad wedi dweud nad wyt ti i gyffwrdd ynddo fo. Paid â disgwyl i mi gadw dy gefn di os bydd o'n dy ddal di yma, cofia.'

'Ond pam gythral mae o wedi'i brynu o ta, Mam?' holodd Albert. 'Llo oedden ni ei angen, yntê? Dyna pam aeth Dad i'r farchnad – i gael llo i sugno 'rhen Geinwen.'

'Mi wn i, cariad, ond tydi dy dad ddim yn fo'i hun pan mae o fel'na,' meddai'i fam yn garedig. 'Mi ddywedodd fod 'rhen Ted Cefn Drain 'na'n bidio am y ceffyl, ac mi wyddost be mae dy dad yn 'i feddwl o hwnnw ar ôl yr helbul gawson nhw efo'r ffensio. Synnwn i damed nad oedd o wedi prynu'r ceffyl bach yn unswydd i wneud yn siŵr na châi Ted mo'i brynu. Wel, dyna dwi'n amau ddigwyddodd.'

'Wel, dwi'n falch ei fod o wedi gwneud, Mam,' meddai Albert, gan gerdded yn araf tuag ataf a thynnu'i siaced. 'Meddw neu beidio, dyma'r peth gorau wnaeth o erioed.'

'Paid â siarad fel'na am dy dad, Albert. Mae o wedi cael amser caled. Ddylet ti ddim,' meddai'i fam, ond doedd dim llawer o argyhoeddiad yn ei llais.

Roedd Albert tua'r un taldra â fi ac yn siarad mor garedig efo fi nes i mi sefyll yn llonydd yng nghefn y stabl yn edrych arno'n chwilfrydig. Neidiais pan deimlais o'n fy nghyffwrdd am y tro cyntaf, ond gallwn weld nad oedd o am wneud niwed i mi. Rhoddodd fwythau i mi ar hyd fy nghefn ac yna anwesu fy ngwddw gan sgwrsio'n ddi-ben-draw am yr hwyl roedden ni am gael efo'n gilydd, sut y byddwn i'n tyfu i fod y ceffyl clyfra'n yr holl wlad, a sut y bydden ni'n cael mynd i hela efo'n gilydd.

Yn y man dechreuodd fy sychu efo'i gôt. Mi rwbiodd fi nes 'mod i'n hollol sych. Yna rhoddodd ychydig o ddŵr hallt yn ofalus ar y croen amrwd ar fy ngwyneb. Daeth ag ychydig o wair melys i mi, a llond bwced o ddŵr clir, oer.

Dwi ddim yn meddwl ei fod o wedi stopio siarad am eiliad. Wrth iddo droi i fynd mi alwais arno i ddiolch am bob dim. Dwi'n siŵr ei fod wedi deall yn iawn gan iddo wenu'n glên a rhoi mwytha i mi ar fy nhrwyn. 'Mi fyddwn ni'n ffrindiau mawr, chdi a fi,' meddai'n annwyl. 'Dwi am dy alw di'n Shoni, am ei fod yn odli efo Cari, a'i fod o'n dy siwtio di. Mi ddo' i yma eto yn y bore. Paid ti â phoeni, mi edrycha i ar d'ôl di. Dwi'n addo. Cysga'n braf, Shoni.'

'Does dim pwrpas i ti siarad efo ceffylau, Albert,' clywais ei fam yn dweud o'r tu allan. 'Tydyn nhw ddim yn dy ddeall di. Creaduriaid twp ydyn nhw. Styfnig a thwp, dyna mae dy dad wedi'i ddweud erioed, ac mae o'n deall ceffylau i'r dim.'

'Tydi Dad ddim yn ei deall nhw,' meddai Albert. 'Dwi'n amau bod ofn ceffylau arno fo.'

Cerddais at ddrws y stabl a gwylio Albert a'i fam yn cerdded i'r tywyllwch. Mi wyddwn y munud hwnnw fy mod i wedi gwneud ffrind am oes. Gallwn deimlo'n syth bod 'na gysylltiad agos iawn rhwng y ddau ohonom. Ceisiodd 'rhen Cari estyn drosodd i ddweud helô, ond doedd dim modd i'n trwynau ni gyffwrdd.

PENNOD 2

Dros y gaeafau caled a'r hafau mwyn a ddilynodd ein cyfarfyddiad cyntaf, fe brifiodd Albert a finnau efo'n gilydd. Mae 'na fwy yn gyffredin rhwng ebol blwydd a hogyn yn ei arddegau na dim ond cyrff heglog, chwithig.

Unrhyw gyfle a gâi Albert – pan nad oedd o yn yr ysgol neu allan yn gweithio ar y fferm efo'i dad – byddai'n fy arwain ar hyd y caeau ac i lawr at y gors ger afon Tanwy. Yma ar dir gwastad y fferm y dechreuodd o fy hyfforddi; cerdded a throtian yn ôl ac ymlaen i ddechrau, ac yn raddol byddai'n fy hyrddio un ffordd ac yna'r llall. Ar y ffordd yn ôl at y fferm ro'n i'n cael dilyn Albert ar fy mhen fy hun, ac mi ddysgais ddod ato wrth glywed ei chwibanu, nid yn unig am fy mod yn ufudd ond oherwydd fy mod wrth fy modd yn ei gwmni. Swniai ei chwiban fel tw-wit-tw-hw tylluan – roedd hi'n alwad nad o'n i byth yn ei hanwybyddu, ac nad anghofiaf i mohoni byth.

Roedd 'rhen Cari, fy unig ffrind arall, yn aml yn aredig drwy'r dydd felly ro'n i'n cael fy ngadael ar fy mhen fy hun lawer o'r amser. Do'n i ddim yn malio yn yr haf am fy mod yn cael gwneud fel y mynnwn i yn y caeau; gallwn glywed Cari yn gweithio gerllaw weithiau, a byddwn yn galw arni hi o dro i dro. Ond yn y gaeaf, a minnau wedi fy nghau yn nhywyllwch oer y stablau, byddai dyddiau cyfan yn mynd heibio heb i mi weld yr un enaid byw, oni bai fod Albert yn dod am dro i 'ngweld i.

Fel roedd Albert wedi'i addo, y fo oedd yn edrych ar fy ôl i ac yn fy ngwarchod rhag ei dad; yn wir, mi ddois i sylweddoli nad oedd ei dad yn gymaint o fwgan ag ro'n i wedi'i ddisgwyl. Roedd o'n fy anwybyddu'n llwyr y rhan fwyaf o'r amser, ac os oedd o'n edrych arnaf o gwbl dim ond o bellter y byddai'n mentro gwneud hynny. Roedd o'n gyfeillgar ambell waith, ond fedrwn i fyth ymddiried yn llawn ynddo fo ar ôl y diwrnod cyntaf hwnnw yn y sêl. Do'n i byth yn gadael iddo ddod yn rhy agos ataf, ac mi fyddwn i wastad yn dianc i ben pella'r cae pan fyddai o yno, gan adael 'rhen Cari rhyngom. Fodd bynnag, bob nos Fawrth yn ddi-ffael, byddai tad Albert yn meddwi, a phan gyrhaeddai adref o'r dafarn byddai Albert wastad yn meddwl am esgus i gael bod efo ni yn y stabl, i wneud yn siŵr nad oedd ei dad yn dod ar ein cyfyl ni.

Ar un o'r nosweithiau hynny yn yr hydref, rhyw ddwy flynedd ar ôl i mi ddod i'r fferm, roedd Albert yn yr eglwys yn canu'r clychau. Rhag ofn y byddai 'na drwbwl, roedd o wedi rhoi 'rhen Cari a minnau yn yr un stabl. 'Mi fyddwch chi'n saff yn fan'ma efo'ch gilydd. Ddaw Dad ddim i mewn i'ch poeni chi os dach chi efo'ch gilydd,' meddai, cyn pwyso'n braf dros ddrws y stabl a rhoi darlith i ni ar y grefft gymhleth o ganu clychau. Roedd o wrth ei fodd yn brolio ei fod wedi cael canu'r gloch denor fawr am eu bod nhw'n meddwl ei fod yn ddigon o ddyn, a chyn pen dim mai fo fyddai'r bachgen talaf yn y pentref. Roedd Albert yn falch iawn o'i ddawn i ganu clychau, ac wrth i Cari a minnau sefyll ben-wrth-gynffon yn y gwyll yn cael ein swyno gan gân hudolus y clychau'n cario dros y caeau, roedden ninnau'n gwybod bod ganddo achos i fod yn falch. Cerddoriaeth urddasol oedd cân y clychau, cerddoriaeth y medrai pawb ei rhannu – dim ond iddynt wrando.

Mae'n rhaid fy mod i wedi syrthio i gysgu ar fy nhraed, oherwydd does gen i ddim cof o glywed rhywun yn agosáu, ond mwyaf sydyn gwelwn olau lantern yn dawnsio rhwng y craciau yn nrws y stabl, a chlywais y bolltau'n cael eu hagor yn araf. Meddyliais am eiliad mai Albert oedd yno, ond roedd clychau'r eglwys yn dal i ganu, ac yna clywais lais cyfarwydd – hen lais cras tad Albert. Y llais hwnnw y byddwn i'n gobeithio'r nefoedd na fyddwn byth yn ei glywed ar nos Fawrth. Bachodd y lantern i hongian uwchben y drws, ac mi welais chwip yn ei law wrth iddo faglu tuag ataf.

'Felly, y cythraul bach balch,' meddai, a'r bygythiad i'w glywed yn glir yn ei lais. 'Rydw i wedi taro bet y byddi di'n tynnu aradr erbyn diwedd yr wythnos. Tydi Ted Cefn Drain a'r lleill ddim yn meddwl mod i'n gallu dy drin di, ti'n gweld, ond mi ddangosa i iddyn nhw. Rwyt ti wedi cael dy ddandwn hen ddigon erbyn hyn, ac mae'n hen bryd i ti ennill ceiniog neu ddwy am dy le. Dwi'n mynd i roi ambell golar amdanat ti heno, i weld p'run sy'n dy ffitio, ac yna mi ddechreuwn ni arni go iawn ben bore fory. Rŵan, mi fedrwn ni wneud hyn yn glên neu'n gas. Mymryn o drwbwl ac mi chwipia i di nes y byddi di'n gwaedu, ti'n deall?'

Roedd 'rhen Cari'n deall ei hwyliau fo i'r dim ac yn gweryru i'm rhybuddio, gan symud wysg ei chefn i dywyllwch pen pella'r stabl. Ond doedd dim angen rhybudd arna i. Roedd ei fwriad yn amlwg, yn glir fel cloch. Ar ôl i mi gael un cipolwg ar y chwip, dechreuodd fy nghalon guro'n wyllt mewn ofn. Mi wyddwn nad oedd gen i obaith ddianc – doedd 'na unman i fynd – ac ro'n i wedi dychryn gymaint nes i mi droi 'nghefn ato a chicio'n wyllt. Teimlais fy ngharnau'n taro cnawd, a daeth bloedd o boen o'r tu ôl i mi; wrth i mi droi fe'i gwelwn yn llusgo'i hun allan o'r stabl gan dynnu un goes yn stiff y tu ôl iddo a bytheirio am ddial yn greulon dan ei wynt.

Y bore wedyn daeth Albert a'i dad i lawr at y stablau a'i dad yn hercian yn boenus wrth gerdded. Roedd y ddau'n cario coler yr un ac mi fedrwn weld bod ôl crio'n dal i fod ar fochau gwelw Albert. Safent yn ymyl ei gilydd wrth ddrws y stabl, a theimlwn hynod o falch wrth sylwi bod Albert yn dalach na'i dad yn barod.

Roedd ôl poen ar wyneb ei dad wrth iddo ddechrau dwrdio Albert: 'Heblaw bod dy fam wedi crefu arna i neithiwr, mi faswn i wedi saethu'r ceffyl 'ma yn y fan a'r lle. Mi allai fod wedi fy lladd i. Rŵan, dwi'n dy rybuddio di, os nad ydi'r creadur yma'n torri cwys mor syth â saeth o fewn wythnos, mi fydda i'n ei werthu fo, dwi'n addo i ti. Felly mae'r cyfan yn dy ddwylo di rŵan. Mi gei di ei drin o, ond dim ond un cyfle gei di, ti'n 'y nghlywed i? Wneith o ddim gadael i mi fynd ar ei gyfyl o – y cythraul gwyllt – ac os na wnei di ryw siâp arno, mi fydd raid iddo fo fynd. Wyt ti'n deall? Mae'n rhaid i'r ceffyl 'na ennill ceiniog am ei le fel pawb arall. Dim iotyn o ots gen i am ei holl swanc, rhaid iddo ddysgu gweithio. Dwi'n dweud wrthat ti,

Albert, os golla i'r bet 'na, mae'r ceffyl yn mynd.' Gollyngodd y goler ar y llawr a throi ar ei sawdl.

'Dad,' meddai Albert â thinc penderfynol yn ei lais. 'Mi wna i ddysgu Shoni, dwi'n addo, a'i hyfforddi fo i aredig, ond mae'n rhaid i ti addo na wnei di byth godi dy chwip ato eto. Nid dyna'r ffordd i'w drin o, Dad. Dwi'n gwybod – dwi'n ei adnabod fel petai o'n frawd i mi.'

'Iawn, dysga di fo, Albert; dim ots gen i sut gwnei di hynny. Does gen i ddim diddordeb,' meddai ei dad yn ddifater. 'A' i byth ar gyfyl y cythraul. Mi saethwn i o cyn y mentrwn fynd yn agos ato fo eto.'

Pan ddaeth Albert i mewn i'r stabl ataf ar ôl i'w dad fynd, chefais i ddim mwythau fel y byddwn yn arfer ei gael. Yn hytrach, mi gerddodd yn syth ataf i a syllu'n galed arnaf. 'Mi oedd hynna'n beth ofnadwy o dwp i'w wneud,' meddai'n flin. 'Os wyt ti isio aros, Shoni, mi fydd yn rhaid i ti ddysgu. Paid byth â chicio neb fel'na eto, Shoni, wyt ti'n deall? Oni bai fod Mam wedi crefu arno fo, mi fasa Dad wedi dy saethu di. Mam wnaeth dy achub di. Doedd Dad yn gwrando dim arna i, a wnaiff o byth. Felly byth eto, Shoni, ti'n clywed?' Yna fe dawelodd, a dechrau siarad yn annwyl fel y byddai'n arfer ei wneud. 'Mae gynnon ni wythnos, Shoni. Dim ond wythnos i dy ddysgu di sut i aredig a thorri cwys hollol syth. Mi wn i, a tithau'n bedigri, dy fod ti'n meddwl dy fod ti uwchlaw gwaith caled, ond does gen ti ddim dewis. Mae 'rhen Cari a minna am dy hyfforddi di. Mi fydd o'n waith cythreulig o anodd, yn enwedig i ti am nad wyt ti'r siâp cywir i dynnu aradr. Does 'na ddim digon ohonat ti eto, Shoni, ond mae'n

rhaid i ni drio. Mae'n debyg na fyddi di'n hoff iawn ohona
i erbyn diwedd yr wythnos, ond mae Dad wedi dweud ei
ddweud, ac mae o bob amser yn cadw at ei air. Unwaith
mae o wedi penderfynu, does dim troi arno fo. Byddai Dad
yn dy werthu, neu hyd yn oed yn dy saethu, yn hytrach na
cholli'r bet – dwi'n sicr o hynny.'

Y bore hwnnw, a'r gwlith yn dal ei afael ar y gwair yn y
caeau, a minnau'n sownd wrth ymyl 'rhen Cari â choler yn
llac am fy ngwddw, mi ges fy arwain i Cae Hir, a dyna
ddechrau fy hyfforddiant i fod yn geffyl fferm. Wrth i ni
dynnu'r pwysau gyda'n gilydd am y tro cyntaf, gallwn
deimlo'r goler yn rhwbio fy ngwddw'n boenus, a
'ngharnau'n suddo i'r ddaear feddal. Tu ôl i ni roedd
Albert yn gweiddi'n ddi-baid, gan godi chwip pan o'n i'n
troedio'n gam, neu ddim yn gwneud fy ngorau glas – er
mwyn gwneud yn siŵr ein bod ni'n ymdrechu gant y cant,
yn gweithio'n galed. Roedd yr Albert yma'n wahanol.
Doedd dim golwg bellach o'r Albert annwyl, ei siarad clên
a'i eiriau caredig. Roedd ei lais bellach yn gras ac yn llym.
Wrth fy ymyl roedd 'rhen Cari â'i phen i lawr, yn gwthio'i
charnau i'r pridd ac yn tynnu â'i holl nerth. Er ei lles hi, a
fi fy hun, ac Albert, dysgais innau i wneud yr un fath â hi.
Yr wythnos honno roedd yn rhaid i mi ddysgu'r holl
sgiliau fyddai'n gwneud i mi aredig fel ceffyl fferm go
iawn. Roedd pob cyhyr yn fy nghorff yn brifo, ond ar ôl
cael noson dda o orffwys, a chyfle i ymestyn yn y bore,
ro'n i'n sionc ac yn barod am ddiwrnod arall o waith.

Wrth i mi ddysgu'r grefft o ddydd i dydd, roedden ni'n
dechrau tynnu mwy fel tîm. Roedd Albert yn defnyddio

llai a llai ar y chwip ac yn siarad yn garedig efo fi unwaith eto. Erbyn diwedd yr wythnos ro'n i'n gwybod ein bod ni'n ffrindiau unwaith eto. Yna, un pnawn ar ôl i ni orffen aredig Cae Hir, mi dynnodd Albert y coleri oddi ar ein gyddfau a gafael amdanon ni. 'Da iawn chi, 'rhen geffyla, dach chi wedi llwyddo,' llefodd Albert. 'Do'n i ddim am ddweud wrthoch chi cyn hyn rhag ofn i chi fod yn nerfus, ond mae Dad a Ted Cefn Drain wedi bod yn ein gwylio ni o'r tŷ pnawn 'ma.' Roedd o'n crafu tu ôl i'n clustiau ni ac yn mwytho'n trwynau ni wrth siarad. 'Mae Dad wedi ennill ei fet, ac mi ddywedodd wrtha i ar ôl brecwast bore 'ma y byddai'n anghofio'r cwbl am y gic 'na petaen ni'n gorffen y cae heddiw, ac y caet ti aros, Shoni. Felly rwyt ti wedi llwyddo, 'rhen gochyn, a dwi mor falch ohonot tithau hefyd, Cari wirion. Mi faswn yn eich cusanu chi tasen nhw ddim yn ein gwylio ni. Mi gei di aros rŵan, Shoni. Mae Dad yn cadw at ei air, mi fedri ddibynnu ar hynna – wel, cyn belled â'i fod o'n sobor.'

Ychydig fisoedd yn ddiweddarach, roedden ni ar ein ffordd adref ar ôl bod yn torri gwair yn y Dyffryn Mawr ac yn cerdded ar hyd y lôn ddeiliog a arweiniai at dir y fferm. Yn sydyn, am y tro cyntaf erioed, dechreuodd Albert sôn am y rhyfel. Stopiodd chwibanu ar ganol ei gân a dweud yn ddigalon: 'Mae Mam yn credu y bydd 'na ryfel cyn bo hir. Does gen i ddim syniad pam; mae 'na sôn bod rhywun wedi saethu ryw hen ddug pwysig yn rhywle. Dwn i ddim pam y dylsa hynny boeni unrhyw un arall, chwaith, ond mae Mam yn dweud y byddwn ni'n ymuno yn y rhyfel 'run fath. Ond chaiff o ddim effaith arnon ni, draw yn fan'ma. Mi fydd popeth 'run fath ag erioed. Wyddost ti be, Shoni? Os bydd 'na ryfel, mi faswn i'n licio ymuno. Mi faswn i'n dipyn o soldiwr, dwyt ti'm yn cytuno? Dwi'n siŵr y baswn i'n edrych yn dda mewn iwnifform smart. Ac mi rydw i wedi bod isio cerdded i guriad band pres erioed, w'sdi. Fedri di ddychmygu'r peth, Shoni? Wedi meddwl, dwi'n siŵr y byddet tithau'n gwneud ceffyl rhyfel gwerth chweil, os byddi di'n marchogaeth gystal ag rwyt ti'n aredig, ac mi wn i y baset ti. Mi fasen ni'n dipyn o bâr, chdi a fi. Gwae'r Almaenwyr tase raid iddyn nhw ymladd yn ein herbyn ni'n dau yntê, Shoni?'

Un noson braf o haf, wedi diwrnod hir a llychlyd yn y caeau, ro'n i wrthi'n llowcio fy ngheirch, ac Albert yn fy rhwbio â gwair glân gan siarad bymtheg y dwsin am y tomennydd o wair da fyddai ar ein cyfer erbyn y gaeaf. Yn sydyn, mi glywais sŵn traed trwm ei dad yn cerdded ar draws y buarth tuag atom. Roedd o'n galw ar fam Albert wrth nesáu tuag atom: 'Elin,' gwaeddai. 'Elin, tyrd allan, Elin!' Ei lais call oedd yn galw, ei lais sobor, a llais nad oedd yn codi ofn arnaf mwyach.

'Rhyfel,' meddai. 'Mae 'na ryfel ar droed. Dwi newydd glywed yn y pentre. Daeth y postman â'r newyddion pnawn 'ma. Mae'r diawliaid wedi martsio i mewn i wlad Belg. Mae'r cyfan yn bendant rŵan. Am un ar ddeg bore ddoe, roedd 'na gyhoeddiad ein bod ni'n mynd i ryfel yn erbyn yr Almaenwyr. Mi rown ni gymaint o gweir iddyn nhw nes na fyddan nhw'n meiddio codi dwrn at neb arall byth eto. Mi fydd y cyfan drosodd o fewn ychydig fisoedd.

Yr un hen stori yntê – mae'r llew Prydeinig yn cysgu am dipyn ac maen nhw'n meddwl ei fod o wedi marw. O, mi ddysgwn ni wers neu ddwy iddyn nhw, Elin – mi ddysgwn ni wers nad anghofian nhw fyth mohoni.'

Safodd Albert yn llonydd a gollwng y gwair ar y llawr. Symudodd y ddau ohonom yn nes at ddrws y stabl a gallwn weld mam Albert yn sefyll a'i llaw dros ei cheg. 'Duw a'n helpo,' meddai'n dawel. 'Duw a'n helpo.'

PENNOD 3

O dipyn i beth, yn ystod fy haf olaf ar y fferm, roedd Albert wedi dechrau fy marchogaeth o amgylch y tir i gadw golwg ar y defaid. Byddai 'rhen Cari wastad yn dilyn y tu ôl i ni, ac mi fyddwn i'n stopio bob hyn a hyn i wneud yn siŵr ei bod hi'n dal yno. Fedra i ddim cofio y tro cyntaf i Albert roi cyfrwy arna i, ond mae'n siŵr iddo wneud rywdro. Erbyn i ni glywed bod y rhyfel ar droed, roedd Albert yn fy marchogaeth o amgylch y fferm bob bore a bron bob nos ar ôl iddo orffen gweithio. Mi ddois i adnabod pob lôn a llwybr yn y plwyf a daeth fy nghlustiau'n gyfarwydd â siffrwd pob coeden a gwichian pob giât. Bydden ni'n arfer tasgu drwy'r afon ger y goedwig cyn taranu i fyny tuag at Graig Redynog. Pan oedd Albert yn fy marchogaeth, doedd o byth yn tynnu'n arw ar yr awenau, na byth yn halio ar yr enfa yn fy ngheg, byddai'r gwasgiad ysgafn efo'i bennau gliniau a'r cyffyrddiad lleiaf efo'i sodlau yn ddigon i mi wybod yn union beth oedd Albert am i mi ei wneud. Prin fod angen iddo wneud unrhyw beth; roedden ni'n adnabod ein gilydd mor dda, yn deall ein gilydd i'r dim. Pan nad oedd Albert yn sgwrsio efo fi byddai'n chwibanu a chanu o hyd, ac roedd hynny'n gysur mawr i mi.

Ar y dechrau doedd cysgod y rhyfel prin yn ein cyffwrdd ar y fferm. Roedd y caeau'n llawn gwair yn aros i'w droi yn barod at y gaeaf, ac roedd 'rhen Cari a minnau'n cael ein harwain allan bob bore i weithio. Er mawr ryddhad i ni, Albert oedd bellach yn gwneud y rhan fwyaf o'r gwaith ceffylau ar y fferm, gan adael i'w dad drin y moch a'r bustych, bugeilio'r defaid a thrwsio ffensys ac ati o gwmpas y fferm. Anaml y bydden ni'n ei weld o gwbl, mewn gwirionedd. Er gwaethaf normalrwydd bywyd ar y fferm, synhwyrwn fod rhyw densiwn yn cynyddu ac roedd gen i deimlad ym mêr fy esgyrn fod rhywbeth ar fin digwydd. Yn aml iawn roedd 'na sŵn ffraeo ar y buarth, rhwng Albert a'i dad weithiau, ond – yn groes i'r disgwyl – yn amlach na pheidio, Albert a'i fam fyddai'n gweiddi ar ei gilydd.

'Paid â beio dy dad, Albert,' meddai ei fam un bore, gan droi arno'n flin y tu allan i ddrws y stablau. 'Ar dy gyfer di mae o wedi gwneud y cyfan, fel bod gen ti fferm i dy enw. Pan gynigiodd yr Arglwydd Denton werthu'r fferm iddo fo ddeng mlynedd yn ôl, mi drefnodd forgais i'w phrynu. Y morgais sy'n ei boeni ddydd a nos ac yn gwneud iddo fo yfed. Felly, os nad ydi o'n teimlo'n rhy dda weithiau, mae'n rhaid i ti beidio ag edliw iddo fo. Tydi o ddim fel roedd o, a fedrith o ddim gwneud gymaint o gwmpas y lle 'ma ag y byddai erstalwm. Mae o dros ei hanner cant, cofia – tydi plant ddim yn gweld eu tadau fel y maen nhw go iawn. A'r rhyfel hefyd – mae'r rhyfel yn ei boeni, Albert. Mae o'n poeni y bydd prisiau'n gostwng, a dwi'n meddwl ei fod o, yn nwfn ei galon, yn teimlo y dylai fod yno, yn Ffrainc, yn brwydro – ond mae o'n rhy hen i feddwl am y ffasiwn beth. Mae'n rhaid i ti drio ddeall rhyw fymryn ar dy dad. Mae o'n haeddu gymaint â hynny gen ti, Albert.'

'Wel, dwyt *ti* ddim yn yfed, Mam,' atebodd Albert hi'n chwyrn. 'Ac mi rwyt tithau hefyd yn poeni, yn dwyt? A hyd yn oed taset ti'n yfed fyddet ti ddim â dy gyllell ynof i o hyd fel y mae o. Dwi'n gwneud dim byd ond gweithio, bob awr o'r dydd a mwy, a tydi o byth yn rhoi'r gorau i gwyno bod y peth yma a'r peth arall heb ei wneud. Ac mi fydd o'n cwyno'n ddi-ffael pan fydda i'n mynd â Shoni allan gyda'r nos. Tydi o ddim hyd yn oed isio i mi fynd i ganu'r clychau unwaith yr wythnos. Mae o'n gwbl afresymol, Mam.'

'Dwi'n gwybod hynny, Albert,' meddai ei fam ychydig yn fwy tyner, gan afael yn ei law. 'Ond mae'n rhaid i ti drio gweld rhywfaint o ddaioni ynddo fo. Mae o'n ddyn da yn y bôn – wir i ti. Rwyt tithau'n ei gofio fo fel'na, yn dwyt?'

'Ydw Mam, dwi'n ei gofio fo fel'na,' cytunodd Albert, 'ond bechod ei fod yn swnian byth a hefyd am Shoni. Wedi'r cyfan, mae Shoni'n ennill ei le hefyd ac mae'n iawn iddo yntau gael amser i fwynhau ei hun – a finnau'r un fath.'

'Dwi'n gwybod, cariad,' atebodd ei fam gan afael yn ei fraich a'i arwain at y tŷ, 'ond ti'n gwybod sut mae o'n teimlo am Shoni, yn dwyt? Mewn tymer ddrwg y prynodd o'r ceffyl 'na, ac mae o wedi difaru byth ers hynny. Ac fel mae Dad yn dweud, dim ond un ceffyl 'dan ni 'i angen mewn gwirionedd ar gyfer y gwaith fferm, ac mae'r ceffyl 'na sydd gen ti'n llyncu pres, Albert. Dyna sy'n ei boeni fo. Ffermwyr a cheffylau, yr un hen stori ydi hi ym mhobman. Roedd fy nhad i 'run fath yn union. Ond mi ddaw Dad at ei goed, wsdi, os wyt ti'n glên efo fo – dwi'n sicr o hynny.'

Doedd dim llawer o Gymraeg rhwng Albert a'i dad

bellach, ac roedd Elin druan yn cael trafferth i gadw'r ddysgl yn wastad rhyngddynt. Rhyw fore Mercher, a'r rhyfel prin wedi dechrau, roedd Elin allan ar y buarth yn tawelu'r dyfroedd rhwng y ddau unwaith eto. Yn ôl ei arfer, roedd tad Albert wedi cyrraedd adref o'r farchnad y noson cynt yn feddw gaib. Roedd wedi anghofio dychwelyd y baedd roedd o wedi cael ei fenthyg i ddod at yr hychod. Gofynnodd i Albert fynd â'r baedd yn ôl, ond gwrthododd yntau, ac roedd ffrae yn ffrwtian. Roedd tad Albert yn honni fod ganddo fo 'waith yn galw' ac Albert yn mynnu bod yn rhaid iddo lanhau'r stablau.

'Prin hanner awr gymri di i fynd â'r baedd i lawr i'r Dyffryn, cariad,' meddai mam Albert yn chwim, gan geisio dod â'r ffrae i ben.

'O iawn, ta,' cytunodd Albert, fel y byddai wastad yn ei wneud pan fyddai'i fam yn ceisio cadw'r heddwch. 'Mi wna i o i chdi, Mam, ar un amod – sef fy mod i'n cael mynd â Shoni allan heno. Dwi isio dechrau hela efo fo y gaeaf nesa, ac mae gofyn i mi ddechrau rŵan er mwyn ei gael i gyflwr da erbyn hynny.' Ddywedodd tad Albert yr un gair o'i ben, dim ond syllu arna i'n fud. Trodd Albert ataf gan roi mwythau i mi ar fy nhrwyn. Plygodd i godi darn o bren a cherdded am y cytiau moch. Ychydig yn ddiweddarach, mi welais i o'n arwain y baedd du a gwyn tuag at geg y lôn. Mi waeddais arno, ond wnaeth o ddim troi i edrych arna i.

Yr unig reswm pam y byddai tad Albert yn dod i'r stablau y dyddiau hynny fyddai i arwain 'rhen Cari allan. Roedd o'n gadael llonydd i mi bellach. Byddai'n taflu cyfrwy am Cari yn y buarth ac yn ei marchogaeth i'r bryniau uwchlaw'r ffermdy er mwyn mynd o gwmpas y defaid. Wnes i ddim troi blewyn y bore hwnnw, felly, pan ddaeth i mewn i'r stablau ac arwain 'rhen Cari allan i'r buarth, ond yna fe drodd a cherdded yn ôl tuag ata i. Ro'n i'n amheus ohono'n syth wrth iddo nesáu tuag ataf, gan siarad yn annwyl a chynnig ceirch melys i mi. Er i mi geisio peidio, allwn i ddim gwrthod y ceirch a'u harogl melys – ac ro'n i'n chwilfrydig hefyd i weld beth oedd wedi peri'r newid yma yn ei gymeriad. O fewn chwinciad chwannen roedd o wedi llwyddo i roi cyfrwy am fy mhen cyn i mi gael cyfle i dynnu'n groes. Ond roedd ei lais o'n gymaint mwy addfwyn nag arfer wrth iddo dynhau'r cyfrwy a mwytho fy ngwddw.

'Dyna chdi, 'rhen goes,' meddai'n glên. 'Mi edrychan nhw ar dy ôl di. Maen nhw wedi addo hynny i mi, ac mi rydw i angen y pres, Shoni. Dwi angen pob ceiniog fedra i gael gafael arni.'

PENNOD 4

Clymodd tad Albert raff hir i 'mhenffrwyn a'm harwain allan o'r stabl. Mi es i efo fo'n ddi-lol gan fod Cari yno'n edrych dros ei hysgwydd arna i, ac ro'n i'n ddigon bodlon mynd i unrhyw le cyn belled â bod Cari yno'n gwmni i mi. Roedd tad Albert yn ymddwyn yn rhyfedd iawn, yn sibrwd yn ddistaw ac yn edrych o'i gwmpas bob munud fel lleidr.

Clymodd fy rhaff yn sownd yng nghyfrwy Cari, gan wybod yn iawn y baswn i'n ei dilyn hi heb ffwdan, yna cawsom ein tywys allan o'r buarth, i lawr y llwybr a thros y bont. Ar ôl cyrraedd y lôn, neidiodd ar gefn Cari a dechrau trotian i fyny'r bryn am y pentref. Ddywedodd o 'run gair wrthon ni ar hyd y daith. Ro'n i'n adnabod y ffordd yn iawn, wrth gwrs, gan fy mod i wedi bod ar ei hyd-ddi'n gyson efo Albert; ro'n i wrth fy modd yno gan fod 'na wastad geffylau eraill i'w cyfarfod a phobl i'w gweld. Doedd dim llawer o amser ers y tro hwnnw pan welais i gerbyd modur am y tro cyntaf, yn y pentref y tu allan i Swyddfa'r Post, a dychryn am fy mywyd wrth iddo ruglo heibio. Ond mi sefais yn llonydd fel delw a chael maldod mawr gan Albert wedyn. Ond rŵan, wrth i ni agosáu at y pentref, mi fedrwn weld bod 'na amryw o foduron wedi'u parcio o gwmpas y lle, ac roedd llawer mwy o ddynion a cheffylau yno nag arfer. Er fy mod i'n gyffrous, dwi'n cofio teimlo braidd yn ofnus wrth i ni drotian i mewn i'r pentref.

Ym mhobman yr edrychwn i, roedd yno ddynion mewn lifrai gwyrdd; wrth i dad Albert ddod oddi ar gefn Cari a'n harwain ni heibio'r eglwys tuag at glwt y pentref, dechreuodd band y fyddin chwarae cân gorymdeithio fywiog. Wrth i guriad y drwm bas daranu drwy'r pentref fe welwn blant ym mhobman, rhai'n brasgamu'n ôl a 'mlaen efo ysgub ar eu hysgwyddau, ac eraill yn pwyso allan drwy ffenestri'u tai gan chwifio baneri.

Wrth i ni nesáu at y polyn fflag a safai yng nghanol y clwt, a'r faner Jac yr Undeb yn hongian yn llipa yno yn yr haul, daeth swyddog atom trwy'r dorf. Roedd o'n dal a gosgeiddig yn ei drowsus marchogaeth a'i wregys Sam Brown, a chleddyf arian ar ei ystlys. Aeth at tad Albert ac ysgwyd ei law. 'Mi ddywedais i y byddwn i yma, yn do, Capten Nicholls, syr,' meddai tad Albert. 'Dwi wir angen y pres, dach chi'n deall. Faswn i byth yn gwerthu ceffyl fel hwn heblaw fod raid i mi wneud.'

'Wel, gyfaill,' meddai'r swyddog, gan ysgwyd ei ben mewn edmygedd wrth edrych arnaf. 'A minnau'n meddwl mai rhoi lastig ynddi oeddach chi wrth ddisgrifio'r ceffyl 'ma yn y George neithiwr. "Y ceffyl gorau yn y plwy," meddech chi, ond tydi pawb yn dweud hynny am ei geffyl ei hun? Ond mae hwn yn wahanol – dwi'n gweld hynny rŵan.' Dechreuodd anwesu fy ngwddw a chrafu tu ôl i 'nghlustiau. Roedd ei law a'i lais yn addfwyn, a wnes i ddim cilio oddi wrtho.

'Rydach chi'n iawn, gyfaill; mi fyddai'n gwneud march gwych ar gyfer unrhyw gatrawd ac mi fasen ni'n falch o'i gael o – fyddai ddim gwahaniaeth gen i ei ddefnyddio fo fy hun. Na fyddai wir. Os ydi'r ceffyl yma gystal ag y mae o'n edrych, yna mi fyddai'n fy siwtio i i'r dim. Ceffyl hyfryd, heb os nac oni bai.'

'Ac mi rowch chi ddeugain punt i mi, Capten Nicholls, fel yr addawsoch chi ddoe?' holodd tad Albert dan sibrwd, bron fel petai o ofn i rywun arall ei glywed. 'Fedra i mo'i werthu o am lai na hynny, cofiwch. Mae'n rhaid i bawb fyw, yn does?'

'Dyna addewais i neithiwr, gyfaill,' meddai'r Capten Nicholls, gan agor fy ngheg ac astudio fy nannedd yn fanwl. 'Mae o'n geffyl hardd: gwddw cryf, ysgwyddau gosgeiddig, ac egwyd syth fel sowldiwr. Ydi o wedi gweithio llawer? Ydi o wedi bod yn hela ac ati?'

'Mae fy mab yn ei farchogaeth o bob dydd,' meddai tad Albert. 'Mae o'n symud fel ceffyl rasio ac yn neidio fel ceffyl hela, medda fo wrtha i.'

'Wel,' meddai'r swyddog, 'cyn belled â bod ein milfeddyg ni'n cadarnhau ei fod o'n iach ac yn gryf, yna fe gewch chi'ch deugain punt, fel y cytunon ni.'

'Fedra i ddim aros yn hir, syr,' meddai tad Albert, gan daro cipolwg dros ei ysgwydd. 'Mae'n rhaid i mi fynd am adra. Gwaith yn galw, wyddoch chi.'

'Wel, rydan ni'n brysur yn recriwtio yn y pentre yn ogystal â phrynu,' meddai'r swyddog. 'Ond mi drefnwn ni'r cyfan cyn gynted â phosib. Mi ddyweda i un peth wrthoch chi – mae 'na fwy o ddynion da yn gwirfoddoli nag sydd 'na o geffylau yn y cyffiniau hyn. A tydi'r milfeddyg ddim yn gorfod archwilio'r dynion, nac'di? Arhoswch chi'n fan'ma, fydda i ddim dau funud.'

Ac ar hynny dyma'r Capten Nicholls yn fy arwain i drwy'r porth gyferbyn â'r dafarn ac i'r ardd fawr lle y gwelwn ddynion mewn cotiau gwynion a chlerc mewn iwnifform yn eistedd wrth fyrddau'n ysgrifennu. Ro'n i'n siŵr fy mod i wedi clywed 'rhen Cari'n gweiddi arna i, felly mi rois i floedd yn ôl i adael iddi wybod nad oedd dim ofn arna i. Roedd gen i ormod o ddiddordeb ym mhopeth oedd yn digwydd o 'nghwmpas. Roedd y swyddog yn sgwrsio'n garedig efo fi wrth i ni gerdded i ffwrdd, ac ro'n i'n ddigon hapus i fynd efo fo. Wedyn, dyma'r milfeddyg – dyn byr â mwstásh du fel brwsh o dan ei drwyn – yn procio fy nghorff, ac yn codi 'ngharnau fesul un i edrych oddi tanynt, yn erbyn f'ewyllys. Aeth yn ei flaen wedyn i edrych i mewn i'm llygaid a 'ngheg a sniffio fy anadl i, hyd yn oed. Aed â fi i drotian o gwmpas yr ardd, cyn iddo gyhoeddi fy mod i'n geffyl o'r radd flaenaf. 'Yn wir, mae o'n iach fel cneuen. Yn addas ar gyfer unrhyw beth, y marchoglu neu'r maes tanio,' oedd ei union eiriau. 'Dim chŵydd, dim cilcyn, a'i garnau a'i ddannedd yn dda. Prynwch o, Capten,' meddai. 'Mae hwn yn un gwerth ei gael.'

Ces fy arwain yn ôl at dad Albert, a chymerodd yntau'r arian papur o law'r Capten Nicholls gan eu stwffio'n gyflym i boced ei drowsus. 'Mi edrychwch chi ar ei ôl o, yn gwnewch, syr?' gofynnodd. 'A gwneud yn siŵr na ddaw unrhyw niwed iddo fo? Mae fy mab i'n hoff iawn ohono, welwch chi.' Estynnodd ei law tuag ataf a mwytho fy nhrwyn. 'Mi fyddi di'n iawn, 'rhen goes,' sibrydodd. 'Wnei di ddim deall, ddim mwy nag y gwneith Albert, ond os na wertha i di mi fydda i'n methu talu'r morgais ac mi gollwn ni'r fferm. Dwi wedi gwneud cam â chdi – cam â phawb, a dweud y gwir. Dwi'n gwybod hynny, ac mae'n wir ddrwg gen i.' Ar y gair, trodd a cherdded i ffwrdd, gan dynnu 'rhen Cari ar ei ôl. Roedd ei ben yn isel, ac edrychai fel dyn wedi torri.

Dyna pryd y sylweddolais i mod i'n cael fy ngadael go iawn ac mi ddechreuais weryru'n wyllt – gwaedd uchel o boen a phryder a atseiniodd drwy'r pentref, nes bod hyd yn oed 'rhen Cari ufudd ac addfwyn wedi aros yn stond i edrych arnaf i gan wrthod symud modfedd waeth pa mor galed y tynnai tad Albert ar ei rhaff. Fe gododd ei phen a gweiddi ffarwél arnaf i, ond yn y diwedd roedd ei gweryru'n gwanhau wrth iddi ildio i gael ei thynnu o 'ngolwg. Deuai dwylo clên o bob cyfeiriad i geisio fy nghysuro, ond doedd dim yn tycio.

Ro'n i bron â rhoi'r ffidil yn y to pan welais i Albert yn rhedeg ataf trwy'r dorf, ei wyneb yn fflamgoch. Roedd y band wedi rhoi'r gorau i chwarae erbyn hyn, a holl bobl y pentref wedi troi i edrych arno wrth iddo redeg tuag ataf a 'nghofleidio.

'Mae o wedi dy werthu di, tydi?' meddai'n dawel, gan edrych ar y Capten Nicholls a oedd yn gafael yn fy rhaff. 'Fy ngheffyl *i* ydi Shoni. Fy ngheffyl i ydi o, a 'ngheffyl i fydd o dim ots pwy brynith o. Fedra i ddim rhwystro Dad rhag ei werthu, ond os ydi Shoni'n mynd efo chi, yna mi rydw innau am ddod hefyd. Rydw i am ymuno efo'r fyddin ac aros efo Shoni.'

'Mae gen ti'r ysbryd iawn i fod yn soldiwr, 'y ngwas i,'

meddai'r swyddog, gan dynnu'i gap pig a sychu'i dalcen â chefn ei law. Roedd ganddo fop o wallt du cyrliog ar ei ben a golwg glên, gyfeillgar ar ei wyneb. 'Mae gen ti hen ddigon o ysbryd, ond rwyt ti'n rhy ifanc. Fedrwn ni ddim derbyn unrhyw un sy'n iau na dwy ar bymtheg oed. Tyrd yn ôl mewn blwyddyn neu ddwy ac fe gawn ni weld bryd hynny.'

'Ond dwi'n edrych yn ddwy ar bymtheg,' meddai Albert, yn erfyniol. 'Rydw i'n dalach na'r rhan fwyaf o'r hogia 'run oed â fi.' Ond wrth iddo siarad fe welai nad oedd ganddo obaith o'i berswadio i newid ei feddwl. 'Chymerwch chi mohona i felly, syr? Ddim hyn yn oed yn was stabl? Fe wna i unrhyw beth, unrhyw beth.'

'Beth ydi dy enw di, 'ngwas i?' holodd y Capten Nicholls.

'Edwards, syr. Albert Edwards.'

'Wel, Mr Edwards, mae'n ddrwg iawn gen i, ond fedrwn ni ddim dy helpu di.' Ysgydwodd y swyddog ei ben cyn gosod ei gap yn ôl ar ei gorun. 'Mae'n ddrwg iawn gen i, was, ond rheolau ydi rheolau. Does dim angen i ti boeni am Shoni – mi edrycha i ar ei ôl o nes y byddi di'n barod i ymuno â ni. Rwyt ti wedi gwneud gwaith ardderchog arno fo. Mi ddylet ti fod yn falch ohono – mae o'n geffyl godidog, ond roedd dy dad angen y pres ar gyfer y fferm. Fedrith neb gynnal fferm heb bres; mi wyddost ti hynny, siawns. Ond rydw i'n hoffi dy ysbryd di, felly pan fyddi di'n ddigon hen, mae'n rhaid i ti ddod aton ni ac ymuno â'r Iwmoniaeth. Bydd angen dynion fel ti arnon ni, a dwi'n ofni bydd y rhyfel 'ma'n un hir – llawer hirach nag y mae pobl yn ei feddwl. Cofia di grybwyll fy enw: Capten Nicholls ydw i, ac mi faswn i'n falch o dy gael di efo ni.'

'Does 'na ddim modd, felly?' holodd Albert yn daer. 'Does 'na ddim byd fedra i ei wneud?'

'Dim byd,' meddai'r capten. 'Mae dy geffyl di wedi ymuno efo'r fyddin rŵan, ac rwyt tithau'n rhy ifanc i ymuno. Paid â phoeni – mi edrychwn ni ar ei ôl o. Mi ro' i ofal personol iddo fo – dwi'n rhoi fy ngair i ti.'

Mwythodd Albert fy nhrwyn a 'nghlustiau fel y gwnâi'n aml. Gallwn weld ei fod yn trio'i orau glas i wenu ond fedrai o ddim. 'Mi ddo' i o hyd i ti eto, 'rhen gochyn,' meddai'n dawel. 'Ble bynnag y byddi di, mi ddo' i o hyd i ti, Shoni. Edrychwch ar ei ôl o, os gwelwch yn dda, syr, nes y bydda i wedi dod o hyd iddo fo eto. Does 'na 'run ceffyl drwy'r byd i gyd yn grwn 'run fath â hwn – gewch chi weld. Ydach chi'n addo?'

'Dwi'n addo i ti,' meddai'r Capten Nicholls. 'Mi wna i bob dim o fewn fy ngallu.'

A dyma Albert yn troi a cherdded trwy'r dorf nes iddo ddiflannu i'r pellter.

PENNOD 5

Ychydig wythnosau cyn i mi fynd i'r rhyfel, roedd gofyn i mi newid o fod yn geffyl fferm i fod yn geffyl rhyfel. Doedd hon ddim yn dasg hawdd, gan fy mod i'n casáu rheolau llym yr ysgol farchogaeth a'r oriau maith o ymarfer yn llygad tanbaid yr haul. Gartref gydag Albert, ro'n i wrth fy modd pan fyddai o'n fy marchogaeth am filltiroedd dros y caeau a'r llwybrau yn yr haf, a doedd dim llawer o ots am y gwres na'r pryfaid yr adeg honno. Ro'n i hyd yn oed wedi mwynhau'r gwaith llafurus o dynnu arad i dorri cwys wrth ystlys 'rhen Cari, am fod 'na ffydd a chyfeillgarwch twymgalon rhyngom. Ond erbyn hyn, doedd gen i ddim byd i edrych ymlaen ato – dim ond oriau diddiwedd o fynd mewn cylchoedd yn yr Ysgol Farchogaeth. Roedd y ffrwyn gên cyfforddus ro'n i wedi arfer cnoi cil arno wedi hen ddiflannu, ac yn ei le mi sodron nhw enfa Weymouth trwsgl a phoenus i mewn i 'ngheg. Roedd honno'n rhwygo'r cnawd ac yn fy ngwylltio'n gacwn.

Ond y peth oedd yn fy nghorddi i fwyaf yn y bywyd newydd yma oedd fy marchog. Hen ddyn bach caled a haerllug oedd y Corporal Samuel Perkins – cyn-joci a gâi bleser mawr o arddel ei rym dros geffyl. Roedd ar bawb ofn Samuel Perkins – y ceffylau a'r marchfilwyr i gyd. Hyd y gwelwn, roedd hyd yn oed y swyddogion yn ei drin yn ofalus, gan ei fod yn gwybod popeth posib y gellid ei wybod am geffylau, yn sgil blynyddoedd o brofiad. Ond roedd yn marchogaeth yn galed ac yn llawdrwm, ac nid ar gyfer sioe yn unig y defnyddiai ei chwip a'i sbardunau.

Wedi dweud hynny, fyddai o byth yn fy nghuro i nac yn colli'i dymer. Ambell dro, pan fyddai'n 'sgrafellu fy nghôt i, byddwn yn teimlo'i fod yn fy hoffi i hyd yn oed. Roedd gen i barch tuag ato – parchus ofn yn fwy na dim arall. Weithiau, pan o' i'n teimlo'n eithriadol o flin neu ddigalon mi fyddwn yn ceisio'i luchio oddi arnaf, ond wnes i erioed lwyddo. Byddai'n cloi ei bennau gliniau amdanaf fel feis, fel petai'n gwybod yn iawn beth oedd fy mwriad.

Fy unig gysur yn ystod y dyddiau cynnar hynny oedd ymweliadau'r Capten Nicholls â'm stabl bob fin nos. Gan y Capten Nicholls yn unig roedd yr amser i ddod i siarad efo fi fel yr arferai Albert ei wneud. Bob tro y dôi, byddai'r Capten Nicholls yn troi hen fwced ben i waered, yn eistedd arni ac yna'n estyn llyfr sgetsio i dynnu lluniau ohonof i wrth sgwrsio.

'Dwi wedi gwneud sawl sgets ohonot ti erbyn hyn,' meddai un noson, 'ac mi fydda i'n barod i beintio llun go iawn ar ôl i mi orffen y braslun yma. Fydd o ddim fel lluniau Stubbs – mi fydd yn well na'r rheiny i gyd, wel 'di, achos fuodd gan Stubbs erioed geffyl mor wych â chdi i'w beintio, naddo? Fedra i ddim mynd â'r llun efo fi i Ffrainc yn hawdd iawn, felly dwi am ei yrru at dy ffrind, Albert. Mi welith o wedyn mod i'n siarad o'r galon pan addewais i edrych ar dy ôl di.'

Wrth iddo siarad, gwibiai ei lygaid yn ôl a 'mlaen, a

gwibiai'r bensel dros y papur. Ro'n i'n ysu eisiau dweud wrtho gymaint ro'n i'n dyheu am ei gael o'n hyfforddwr arna i, gan fod y Corporal yn fy ngweithio mor galed nes fy bod fy ngharnau a'm hochrau'n gwynegu. 'A dweud y gwir wrthot ti, Shoni, dwi'n gobeithio bydd yr hen ryfel 'ma wedi gorffen ymhell cyn y bydd Albert yn ddigon hen i ymuno, wir i ti – mae'n mynd i fod yn ryfel ffiaidd, ffiaidd iawn. Maen nhw i gyd wrthi yn y *Mess*, yn trafod y ffordd orau i fynd am y Jeri, ac yn brolio sut bydd y marchfilwyr yn eu chwalu nhw a'u taflu nhw'n ôl i Berlin cyn y Nadolig. Dim ond Jamie a fi sy'n anghytuno. 'Dan ni'n poeni, Shoni. 'Dan ni'n amheus. Mae'n swnio i mi fel petai'r un ohonyn nhw erioed wedi clywed unrhyw sôn am wn peiriant. Dwi'n dweud wrthot ti, Shoni, gallai un gwn peiriant, o'i ddefnyddio'n gywir, ladd sgwadron cyfan o farchfilwyr mewn mater o eiliadau – milwyr yr Almaen neu Brydain. Does ond angen meddwl am y Light Brigade yn Balaclafa – roedd y rheiny'n ddigon gwirion i fynd am ynnau'r Rwsiaid, ond does neb fel petaen nhw'n cofio hynny. Ac mi ddysgodd y Ffrancwyr eu gwers yn y rhyfel yn erbyn Prwsia. Ond wir i ti, does dim diben dweud gair wrthyn nhw, Shoni, tydyn nhw ddim isio clywed. Maen nhw'n fy ngalw i'n broffwyd gwae, a rhyw lol felly. Ar fy ngwir, Shoni, yr unig beth sy'n cyfri i rai ohonyn nhw ydi gweld y marchfilwyr yn ennill y rhyfel.

Safodd ar ei draed gan roi ei lyfr sgetsio dan ei gesail a dod ataf i gosi tu ôl fy nghlustiau. 'Ti'n licio hynna, yn dwyt, 'rhen foi? Hen beth annwyl wyt ti yn y bôn, yntê, o dan y tymer 'na sy gen ti. A dweud y gwir, mae ganddon ni'n dau dipyn yn gyffredin. Yn gynta, does yr un ohonon ni'n hapus ein bod ni'n gorfod bod yma, ac mi fasa'n llawer gwell gan y ddau ohonon ni fod yn unrhyw le arall. Ac yn ail, dwyt ti na finna wedi bod mewn rhyfel o unrhyw fath o'r blaen – erioed wedi clywed bwled yn cael ei saethu mewn casineb, naddo? Fedra i ddim ond gobeithio y bydda i'n da i rywbeth pan ddaw'r amser – hynny sy'n fy mhoeni i'n fwy na dim, Shoni. Dwi'n dweud wrthat ti – a tydw i ddim wedi dweud hyn wrth Jamie hyd yn oed – rydw i ofn am fy mywyd, felly gobeithio bod gen ti ddigon o ddewrder ar gyfer y ddau ohonon ni.'

Clywais glep wrth i ddrws gael ei gau ym mhen draw'r buarth. Yna clywais sŵn cyfarwydd esgidiau'n clepian yn gadarn ar y cerrig. Y Corporal Samuel Perkins oedd yno, yn gwneud ei daith nosweithiol o amgylch y stablau, gan roi ei big i mewn i bob un, nes cyrraedd f'un i.

'Noswaith dda, syr,' meddai, gan saliwtio'n dwt. 'Tynnu lluniau eto?'

'Trio 'ngorau, Corporal,' atebodd y Capten Nicholls. 'Trio 'ngorau i wneud cyfiawnder â Shoni. Dyma'r march gorau yn yr holl sgwadron, decini. Dwi'n dweud yn onest na welais i erioed gystal ceffyl â hwn. Ydach chi'n cytuno, Corporal?'

'O, yndi, mae o ddigon sbesial i edrych arno fo, syr,' meddai Corporal y Sgwadron Ceffylau. Roedd clywed ei lais yn ddigon i wneud i mi godi 'nghlustiau. Roedd rhyw dinc annifyr, oeraidd yn ei lais na fedrwn ni ddim llai na'i ofni. 'Ydi wir, mae'n geffyl smart, ond nid dyna'r peth pwysicaf oll, yn naci? Mae ceffyl yn fwy na'i bryd a'i wedd, yn tydi? Sut ddyweda i hyn, syr?'

'Sut bynnag y mynnwch chi, corporal,' atebodd y Capten Nicholls mewn llais caled, 'ond gofalwch chi be dach chi'n 'i ddweud. Fy ngheffyl i ydi Shoni wedi'r cwbl.'

'Mi ro' i o fel'hyn – mae ganddo'i feddwl ei hun, yn does? Mae o'n dda iawn ar yr ymarferion brwydro – un o'r goreuon – ond y tu mewn yn yr ysgol, syr, mae o fel y diafol ei hun. Ac yn ddiafol cryf, hefyd. Tydi o erioed wedi cael ei hyfforddi'n iawn, syr, mae hynny'n amlwg. Ceffyl fferm ydi o, wedi'i hyfforddi i wneud gwaith fferm. Os ydi o am fod yn farch rhyfel, yna mae'n rhaid iddo ddysgu gwrando a derbyn disgyblaeth. Mae'n rhaid iddo ddysgu ufuddhau ar ei union, nes bod hynny'n rhan o'i natur. Y peth olaf mae rhywun ei angen ydi cael rhyw *prima donna* o geffyl pan mae'r bwledi'n dechrau tanio.'

'Yn ffodus, Corporal,' meddai'r Capten Nicholls, 'nid rhyfel dan do fydd y rhyfel yma. Mi ofynnais i chi hyfforddi Shoni gan fy mod i'n meddwl mai chi oedd y gorau i wneud hynny – does 'na neb gwell yn y sgwadron. Ond efallai nad oes angen bod mor llawdrwm. Mae'n rhaid i chi gofio o ble daeth o. Mae o'n geffyl digon bodlon – mymryn o berswâd sydd ei angen arno, dyna'r cwbl. Ond byddwch yn fwyn, Corporal, byddwch yn fwyn. Y peth ola dwi isio ydi iddo chwerwi. Y ceffyl yma fydd yn fy ngharïo i i ryfel – ac allan ohono, gyda thipyn o lwc. Mae'n agos iawn at fy nghalon i, Corporal, fe wyddoch chi hynny. Felly edrychwch ar ei ôl o fel petai o'n geffyl i chi, wnewch chi? Mi fyddwn ni'n cychwyn am Ffrainc cyn diwedd yr wythnos. Tasa gen i ddigon o amser mi faswn i wedi hyfforddi Shoni fy hun, ond rydw i'n rhy brysur yn ceisio gwneud y dynion yma'n filwyr gwerth eu halen. Y ceffyl sy'n cario dyn, Corporal, ond fedrith o ddim ymladd dros ei farchog ar faes y gad. Ac mae rhai o'r dynion yn meddwl mai dim ond cleddyf fydd ei angen arnyn nhw. Mae rhai ohonyn nhw'n wirioneddol gredu y bydd chwifio cleddyf yn ddigon i ddychryn Jeri a gwneud iddo redeg yr holl ffordd adre. Dwi'n dweud wrthoch chi, mae'n rhaid iddyn nhw ddysgu saethu bwled yn gywir os 'dan ni am ennill y rhyfel 'ma.'

'Cytuno, syr,' meddai'r corporal, â pharch newydd yn ei lais y tro hwn. Roedd yn fwy addfwyn nag y gwelais i o erioed o'r blaen.

'A Corporal,' meddai'r Capten Nicholls wrth gerdded tuag at ddrws y stabl, 'mi faswn i'n ddiolchgar pe baech chi'n pesgi Shoni rhyw fymryn. Tydi o ddim yn edrych gant y cant, nac'di? Mi fydda i'n mynd â fo ar ymarferion rhyfel fy hun am y tro olaf ymhen ryw ddiwrnod neu ddau, a dwi am iddo fo fod yn iach ac yn sgleinio. Dwi am iddo fo edrych yn well nag unrhyw geffyl arall yn y sgwadron.'

Erbyn wythnos olaf fy hyfforddiant milwrol, ro'n i'n dechrau setlo a dod i arfer â'r gwaith. Roedd y Corporal Samuel Parkins yn ymddwyn ychydig yn fwy clên efo fi ar ôl y noson honno. Doedd y sbardunau ar ei esgidiau ddim yn brathu mor ddwfn i mewn i'm hochrau, ac roedd o'n rhoi mwy o ryddid i mi efo'r awenau. Roedden ni'n gwneud llai o waith yn yr ysgol erbyn hyn, a mwy o waith allan ar y tiroedd agored y tu allan i'r gwersyll. Ro'n i hefyd wedi arfer efo'r enfa Weymouth bellach, ac yn chwarae efo fo rhwng fy nannedd, fel yr arferwn ei wneud efo'r ffrwyn gên. Mi ddechreuais werthfawrogi'r bwyd hyfryd a'r brwsio gofalus, a'r holl sylw a'r gofal roedd pobl yn ei roi i mi. Wrth i'r dyddiau wibio heibio, ro'n i'n meddwl llai a llai am y fferm a Cari, a'r hen fywyd ro'n i wedi'i adael ar ôl. Ond doedd dim byd yn pylu fy atgofion am Albert. Roedd ei wyneb a'i lais yn glir fel cloch yn fy meddwl, er gwaetha'r hyfforddiant di-ben-draw oedd yn fy ngraddol droi i fod yn geffyl rhyfel.

Erbyn i'r Capten Nicholls ddod i fy nôl ar gyfer yr ymarferion brwydro olaf cyn y rhyfel, ro'n i wedi hen arfer, a bron â bod yn hapus yn fy mywyd newydd. Ac yntau bellach yn gwisgo arfwisg, teimlai'r Capten Nicholls yn drwm ar fy nghefn wrth i'r gatrawd gyfan ddechrau teithio tuag at Wastatir Salisbury. Y peth dwi'n ei gofio orau am y diwrnod hwnnw ydi'r gwres, y pryfaid, a'r oriau maith o sefyllian dan wres tanbaid yr haul yn aros i rywbeth ddigwydd. Yna, wrth i'r haul ymestyn ei belydrau'n ddiog a suddo'n araf am y gorwel, safodd y gatrawd gyfan mewn llinell syth yn barod am y cyrch ymosod, sef uchafbwynt yr ymarferiadau olaf.

Daeth y gorchymyn i godi cleddyfau ac fe gerddon ni ymlaen. Wrth i ni aros am ganiad yr utgorn, roedd yr awyr yn drydanol. Treiddiai'r tensiwn rhwng pob marchog, pob marchfilwr, a phob ceffyl. Roedd y cyffro'n berwi y tu mewn i mi ac ro'n i ar bigau'r drain. Roedd y Capten Nicholls yn arwain ei lu ochr yn ochr â'i ffrind, y Capten Jamie Stewart, ar gefn ceffyl nad o'n i erioed wedi'i weld o'r blaen – stalwyn tal, du fel y frân. Wrth i ni gerdded, mi edrychais arno gan ddal ei lygaid am ennyd, a dyma yntau'n fy nghydnabod innau. Cyflymwyd ei gerddediad yn drotian, ac yna cyn pen dim roedden ni'n hanner-carlamu. Clywais ganiad yr utgorn a gwelais fflach cleddyf uwchben fy nghlust dde. Pwysodd y Capten Nicholls ymlaen yn ei gyfrwy a'm hannog i garlamu. Llanwyd fy nghlustiau â sŵn yr holl daranu a'r llwch a llef y dynion, nes bod y cyffro'n curo yn fy ngwaed. Ehedais ar draws y tir ymhell o flaen yr holl geffylau eraill, heblaw am un. Y ceffyl wrth fy ymyl oedd y stalwyn du. Er nad oedd 'run gair wedi'i dorri rhwng y Capten Nicholls a'r Capten Stewart, fe wyddwn yn sydyn ei bod yn holl bwysig i mi beidio â gadael i'r march du gael y blaen arnaf. Gan daflu cipolwg arno, gwelwn ei fod yntau o'r un meddylfryd â mi. Gwelwn fflach benderfynol yn ei lygaid tywyll, ac roedd ôl canolbwyntio ar ei dalcen rychiog. Erbyn i ni redeg heibio 'tir y gelyn', doedd dim amdani ond arafu nes ein bod ni'n sefyll drwyn yn drwyn yn chwythu a thuchan, a'r ddau gapten ar ein cefnau hefyd allan o wynt yn lân.

'Ti'n gweld, Jamie? Ddywedais i wrthat ti, yn do?' meddai Capten Nicholls, â balchder yn llenwi'i lais. 'Dyma'r ceffyl y soniais i wrthat ti amdano – wedi'i ddarganfod yn nyfnderoedd Meirionnydd – a tasen ni wedi dal ati mi fyddai Talfryn wedi cael trafferth cadw efo fo. Fedri di ddim gwadu hynny, siawns.'

Edrychodd Talfryn a minnau ychydig yn amheus ar ein gilydd i ddechrau. Roedd o law go lew yn dalach na fi, yn geffyl mawr gogoneddus a ddaliai ei ben yn uchel ac yn urddasol. Hwn oedd y ceffyl cyntaf i mi ei gyfarfod oedd mor gryf â fi, ond roedd 'na garedigrwydd yn ei lygaid nad oedd yn fygythiad i mi.

'Talfryn ydi'r march gorau yn y gatrawd yma ac unrhyw gatrawd arall,' meddai'r Capten Jamie Stewart. 'Efallai fod Shoni'n gyflymach, ac yn wir, mae o gystal ag unrhyw geffyl welais i erioed yn tynnu trol laeth, ond does 'na 'run ceffyl â stamina Talfryn. Mi fedra fo fod wedi dal i fynd am byth bythoedd. Mae 'na rym wyth ceffyl yn hwn, ac mae hynny'n ffaith.'

Ar y ffordd yn ôl i'r barics y noson honno, roedd y ddau swyddog yn cymharu cryfderau'u ceffylau am y gorau, tra oedd Talfryn a finnau'n ymlwybro ysgwydd wrth ysgwydd a'n pennau'n isel – ein hegni wedi'i ddwyn gan wres yr haul a'r carlamu. Roedd Talfryn yn y stabl agosaf at f'un i y noson honno ac wrth fy ymyl eto y diwrnod canlynol, a ninnau erbyn hynny ym mherfeddion y llong oedd yn ein cludo i Ffrainc ac i'r rhyfel.

PENNOD 6

Roedd yr awyrgylch ar y llong yn llawn brwdfrydedd a chynnwrf, gyda'r milwyr yn byrlymu â gobaith, fel petaen nhw'n cychwyn ar ryw bicnic milwrol mawr. Doedd dim yn y byd i'w weld yn eu poeni. Wrth iddyn nhw ofalu amdanon ni roedden nhw'n chwerthin a thynnu coes fel erioed o'r blaen. Ac roedd yn dda o beth teimlo eu hyder o'n cwmpas ar y fordaith stormus honno gan fod llawer ohonom yn anniddig a phryderus wrth i'r môr gwyllt daflu'r llong o don i don yn ddidostur. Ceisiodd rai ohonom gicio'n daer yn erbyn ein corau, gan ddyheu am dir nad oedd yn codi ac yn disgyn o dan ein traed, ond roedd y milwyr wastad yno yn barod i'n llonyddu a'n cysuro.

Nid gan y Corporal Samuel Perkins, a ddaeth i ddal fy mhen drwy'r gwaethaf, y cefais i'r cysur mwyaf, oherwydd er iddo fwytho fy mhen, roedd yn gwneud hynny mewn ffordd mor oeraidd a swta fel mod i'n teimlo nad oedd yn malio taten amdanaf mewn gwirionedd. Talfryn oedd yr un wnaeth fy nghysuro; arhosodd hwnnw'n dawel a llonydd yr holl ffordd. Byddai'n codi'i ben mawr dros y côr tuag ataf a gadael i mi orffwys fy mhen ar ei wddw. Fel yna, ro'n i'n gallu anghofio ymchwydd ofnadwy'r môr a gweryru ofnus y ceffylau o 'nghwmpas.

Ond yr eiliad y cyrhaeddon ni'r tir mawr, fe newidiodd yr awyrgylch yn llwyr. Gyda thir cadarn dan eu carnau o'r diwedd, mi dawelodd y ceffylau, ond trodd y milwyr yn ddistaw ac yn brudd wrth i ni gerdded heibio'r rhesi diderfyn o filwyr wedi'u clwyfo oedd yn aros i gael mynd yn ôl i Loegr ar y llong. Wrth i ni gael ein tywys ar hyd y cei cerddai'r Capten Nicholls wrth fy ymyl i, gan wynebu'r môr fel na welai neb ei ddagrau. Roedd cleifion ym mhobman – ar stretsiers, ar faglau, mewn ambiwlansau – ac ôl poen a thrallod wedi'i naddu ar wyneb pob un. Er gwaethaf eu hymdrechion i swnio'n ddewr, roedd tinc drist ym mhob jôc, a gwae ym mhob gwaedd a ddeuai o'u cyfeiriad. Fyddai'r un Uwch-sarjant, na'r un llu o elynion, wedi gallu tawelu'r milwyr fel y gwnaeth yr olygfa erchyll hon. Am y tro cyntaf un, roedden nhw wedi gweld drostyn nhw'u hunain beth yn union oedd o'u blaenau, a pha fath o ryfel oedd hwn. Ac yn wir, doedd yr un dyn yn yr holl gatrawd yn edrych fel petai'n barod i wynebu'r hyn oedd o'u blaenau.

Erbyn i ni gyrraedd y tir agored, roedd y milwyr wedi llwyddo i ddiosg y fantell anghyfarwydd o ddigalondid, ac yn llawn hwyliau da unwaith eto. Roedden nhw'n canu wrth farchogaeth eu ceffylau, ac yn chwerthin yn braf ymysg ei gilydd. Taith hir a llychlyd oedd hi, o fore gwyn tan nos y diwrnod hwnnw a'r diwrnod canlynol. Dim ond am ychydig funudau bob awr y bydden ni'n cael seibiant, cyn cychwyn eto nes iddi dywyllu; bryd hynny bydden ni'n codi gwersyll ar gyrion rhyw bentref, gan ddewis llecyn ger nant neu afon. Cawsom ofal da ar hyd y daith a'r milwyr yn aml yn dod oddi ar ein cefnau ac yn cerdded wrth ein hochrau er mwyn i ni gael ychydig o seibiant. Y peth gorau, fodd bynnag, oedd y bwcedi gorlawn o ddŵr oer, hyfryd a fyddai ar gael pan fyddem yn oedi ger afon. Sylwais bod Talfryn wastad yn trochi'i ben yn y bwced cyn yfed, ac yna'n ysgwyd ei ben a'i fwng fel fy mod i'n cael cawod o ddiferion oer, braf dros fy wyneb a 'ngwddw.

Roedden ni'r ceffylau wedi'n clymu y tu allan, yn ein rhesi gan ddilyn yr un drefn â'r ymarferion rhyfel 'nôl yn Lloegr. Roedden ni wedi hen arfer byw yn yr awyr agored, ond roedd hi'n oerach erbyn hyn, gyda tharth oer yr hydref yn disgyn gyda'r nos ac yn ein rhynnu at fêr ein hesgyrn. Er hynny, roedd digon o fwyd i'w gael fore a nos, a'r bagiau bwyd oedd am ein gyddfau wedi'u llenwi'n hael â cheirch. Fel y milwyr, roedd yn rhaid i ninnau ddysgu byw ar y wlad hynny fedren ni.

Gyda phob awr o'r daith roedden ni'n agosáu at sŵn taranu'r gynnau, ac yn y gwyll gallem weld môr o fflachiadau oren yn llenwi'r gorwel. Ro'n i wedi arfer clywed sŵn ergyd gwn yn y gwersyll 'nôl yn Lloegr, a doedd hynny'n poeni dim arna i bellach, ond roedd twrw cras y gynnau mawr yn gyrru iasau ar hyd asgwrn fy nghefn, ac yn rhannu fy nghwsg yn gyfres o hunllefau erchyll. Ond bob tro y byddwn yn cael fy neffro gan y gynnau byddai Talfryn wastad yno wrth fy ystlys, a'i anadl gynnes yn y tywyllwch yn rhoi hyder a nerth i mi. Bu'n fedydd tân hir iawn i mi, efo dwndwr y gynnau'n sugno pob owns o'm hegni yn ogystal â'm hysbryd wrth i ni agosáu at y rheng flaen, ac oni bai am Talfryn fyddwn i byth wedi arfer â'r gynnau.

Cerddodd Talfryn a finnau ochr yn ochr drwy gydol y

daith gan mai anaml iawn roedd y Capten Nicholls a'r Capten Stewart ar wahân. Roedd ysbryd y ddau'n wahanol i'w cyd-swyddogion mwy hwyliog. Mwya'n y byd y down i adnabod y Capten Nicholls, mwya'n y byd ro'n i'n ei hoffi. Roedd o'n fy marchogaeth fel yr arferai Albert ei wneud, efo llaw addfwyn ond pennau gliniau tyn, ac er ei fod yn ddyn mawr o gorff, teimlai mor ysgafn â phluen ar fy nghefn. Byddai wastad yn sibrwd gair bach clên o anogaeth a diolch yn fy nghlust ar ôl siwrnai hir. Roedd hyn yn deimlad braf iawn ar ôl yr holl hyfforddiant caled a gefais gan y Corporal Samuel Perkins. Ro'n i'n gweld y Corporal o dro i dro, ac mi fyddwn i wastad yn teimlo trueni dros y ceffyl roedd o'n ei farchogaeth.

Doedd y Capten Nicholls ddim yn canu nac yn chwibanu fel yr arferai Albert ei wneud, ond roedd ganddo wastad sgwrs fach pan oedden ni ar ein pennau'n hunain. Doedd neb fel petaen nhw'n gwybod ymhle yn union roedd y gelyn, ond roedd yn amlwg ei fod yn dynesu a ninnau'n encilio. Ein dyletswydd ni oedd sicrhau nad oedd y gelyn yn gyrru heibio i ni – doedd wiw iddo ddod rhyngon ni a'r môr ac ynysu byddin ymgyrchol Prydain. Yn gyntaf roedd yn rhaid i'r sgwadron ddod o hyd i'r gelyn, ond doedd dim golwg ohono'n unman. Fe fuon ni'n chwilio ar hyd a lled y wlad am ddyddiau cyn dod o hyd i'r gelyn. A dyna i chi ddiwrnod na wna i fyth mo'i anghofio, diwrnod ein brwydr gyntaf.

Lledodd y si fel tonnau yn ôl ar hyd y rheng fod rhywun wedi gweld y gelyn – bataliwn o wŷr traed. Roedden nhw ar dir y tu hwnt i goedlan drwchus o goed derw, oddeutu milltir o'n blaenau ni. Bloeddwyd y gorchmynion: 'Ymlaen! Ffurfiwch resi, sgwadron! Cleddyfau allan!' Fel un, tynnodd pawb ei gledd o'i wain nes bod yr awyr yn tincial yn arian cyn eu rhoi i orffwys ar eu hysgwyddau. Daeth y gorchymyn: 'Sgwadron, ysgwydd dde!' ac ar hynny fe gerddon i gyd ochr yn ochr mewn un rhes i mewn i'r coed. Gallwn deimlo pennau gliniau'r Capten Nicholls yn gwasgu'n dynn amdanaf, a'i afael yn llacio ar yr awenau. Gallwn synhwyro'r tensiwn yn ei gorff, ac am y tro cyntaf erioed teimlai'n drwm ar fy nghefn.

'Gan bwyll, Shoni bach,' meddai'n dawel. 'Gan bwyll rŵan. Paid â chynhyrfu. Mi ddown ni drwyddi. Paid â phoeni.'

Wrth droi i edrych ar Talfryn, mi welwn ei fod o eisoes yn barod i drotian. Closiais ato'n reddfol, ac wrth i sŵn yr utgorn lenwi'n clustiau dyma ni'n rhuthro allan o gysgod y coed i olau dydd llachar y frwydr.

Cafodd sŵn gwichian y lledr, tincial yr holl harneisiau a'r gorchmynion brysiog eu boddi gan synau carnau'n dyrnu a milwyr yn bloeddio wrth i ni garlamu tuag at y gelyn yn y dyffryn islaw. O gornel fy llygad mi welwn gleddyf trwm y Capten Nicholls yn disgleirio. Teimlwn ei sbardunau yn fy ystlys a chlywed ei floedd. Gwelais y milwyr o'n blaenau'n codi eu gynnau, a'r eiliad nesaf clywais glecian marwol y gynnau peiriant. Yn sydyn, sylweddolais nad oedd neb ar fy nghefn mwyach – ro'n i ar fy mhen fy hun ar flaen y sgwadron.

Doedd dim golwg o Talfryn yn unman, ond efo ceffylau y tu ôl i mi gwyddwn mai'r unig ffordd i garlamu oedd ymlaen. Ag arswyd lond fy nghalon, a 'ngwartholion yn chwipio yn erbyn fy ochrau, carlamais ymlaen yn gynddeiriog. Gan nad oedd gen i bwysau ar fy nghefn, y fi oedd y cyntaf i gyrraedd saethwyr y gelyn, yn penlinio efo'u gynnau. Ond fe wasgaron nhw wrth fy ngweld i'n dod tuag atynt. Ymlaen ac ymlaen â fi nes i mi sylwi fy mod i ar fy mhen fy hun, ymhell o ruo'r frwydr. Faswn i ddim wedi stopio o gwbl oni bai i Talfryn ymddangos wrth fy ochr. Gwyrodd y Capten Stewart i afael yn fy awenau a'm harwain yn ôl i faes y gad.

Y ni oedd wedi ennill – dyna roedd gweiddi gorfoleddus ein milwyr yn ei awgrymu – ond roedd ceffylau ar y llawr ym mhobman, rhai wedi'u clwyfo ac eraill yn farw gelain. Roedd mwy na chwarter y sgwadron wedi'i golli yn yr un ymgyrch hwnnw. Roedd y cyfan wedi digwydd mor sydyn ac mor farwol. Gwelwn griw o garcharorion, yn eu dillad llwyd, yn swatio'n ofnus o dan y coed, tra bod ein milwyr ni'n dod ynghyd mewn grwpiau i gyfnewid atgofion aruchel am y fuddugoliaeth a ddigwyddodd ar ddamwain yn hytrach nag yn fwriadol.

Welais i mo'r Capten Nicholls fyth wedyn ac roedd hynny'n dristwch mawr i mi wrth gofio dyn mor annwyl oedd o, a sut y cadwodd at ei addewid i edrych ar fy ôl yn ofalus. Buan y dois i ddysgu mor brin oedd dynion felly yn yr hen fyd 'ma.

'Mi fyddai o wedi bod yn falch iawn ohonot ti, Shoni,' meddai'r Capten Stewart wrth fy arwain i a Talfryn draw at y ceffylau eraill. 'Mi fyddai wedi bod yn falch dy fod ti wedi dal ati allan fan'na. Bu farw wrth arwain yr ymgyrch, ac mi wnest tithau orffen y gwaith ar ei ran. Byddai wedi bod yn falch ohonot.'

Safodd Talfryn wrth fy ymyl y noson honno wrth i ni wersylla ar gyrion y goedwig. Wrth i'r ddau ohonom syllu ar y dyffryn dan olau'r lloer, ro'n i'n hiraethu am adref. Dim ond ambell besychiad a sŵn traed y gwylwyr a darfodd ar y distawrwydd llethol drwy gydol y nos. Roedd y gynnau wedi tewi o'r diwedd. Suddodd Talfryn i orwedd wrth fy ymyl ac fe gysgodd y ddau ohonom.

PENNOD 7

Yn fuan ar ôl caniad yr utgorn y bore canlynol, a ninnau'n gorffen tyrchu am geirch yn ein bagiau bwyd, gwelais y Capten Jamie Stewart yn camu tuag atom. Yn ei ddilyn roedd milwr ifanc nad o'n i erioed wedi'i weld o'r blaen, a hwnnw bron o'r golwg o dan ei gôt anferth a'r cap pig am ei ben. Roedd hynny o wyneb a welwn i rhwng y gôt a'r het yn ifanc a bochgoch, ac yn f'atgoffa o Albert. Awgrymai ei osgo trwsgl a phetrusgar ei fod o braidd yn ofnus ohonof.

Anwesodd y Capten Stewart glustiau a ffrwyn Talfryn fel y gwnâi bob bore, cyn ymestyn a rhoi mwythau braf i minnau ar fy ngwddw. 'Wel, Marchfilwr Warren, dyma fo,' meddai'r Capten. 'Tyrd yn nes i gael golwg arno fo, wneith o mo dy frathu di. Dyma Shoni, ceffyl y ffrind gorau a fu gen i erioed, felly mae'n bwysig dy fod ti'n rhoi'r gofal gorau iddo. Wyt ti'n clywed?' Roedd ei lais yn gadarn ond yn garedig yr un pryd. 'A chofia di, mi fydda i'n cadw llygad barcud arna ti drwy'r amser. Mae'r ddau geffyl 'ma'n byw yng nghysgodion ei gilydd. Dyma'r ddau geffyl gorau yn yr holl sgwadron, ac wsti be? Dwi'n meddwl eu bod nhw'n gwybod hynny hefyd.' Fe gamodd yn nes ataf i wedyn a chodi'r mwng oddi ar fy wyneb. 'Shoni,' sibrydodd, 'edrycha di ar ei ôl yntau, iawn? Hogyn ifanc ydi o, ac mae o wedi cael amser go galed yn yr hen ryfel 'ma hyd yn hyn.'

Wrth i'r sgwadron ddechrau symud allan o'r goedwig y bore hwnnw, do'n i ddim yn cael cerdded wrth ochr

Talfryn fel ro'n i wedi arfer ei wneud pan oedd y Capten Nicholls ar fy nghefn, ond bellach ro'n i yng nghanol criw o farchfilwyr cyffredin ac yn dilyn y swyddogion. Dim ond pan oedden ni'n aros i gael seibiant i yfed neu fwyta y byddai'r Marchfilwr Warren yn gofalu fy nhywys i at Talfryn er mwyn i ni gael bod efo'n gilydd.

Doedd y Marchfilwr Warren druan ddim yn farchog da iawn – mi wyddwn hynny o'r eiliad y dringodd ar fy nghefn i am y tro cyntaf. Roedd o'n dal ei hun yn dynn ac yn drwm fel sachaid o datws. Doedd dim o hyder a phrofiad y Corporal Samuel Perkins yn perthyn iddo, nac aeddfedrwydd a gofal y Capten Nicholls chwaith. Roedd o'n siglo'n ansicr yn y cyfrwy, ac yn mynnu gafael yn rhy dynn yn yr awenau nes bod raid i mi ysgwyd fy mhen i geisio'i gael o i lacio'i afael ryw fymryn. Ond allan o'r cyfrwy roedd o'n hynod o dyner. Roedd yn drylwyr a charedig wrth fy mrwsio, a bob amser yn mynd ati ar unwaith i drin y briwiau fyddwn i'n eu cael ar bob rhan o 'nghorff. Do'n i ddim wedi cael gofal mor dyner ers i mi adael cartref. Ei ofal cariadus o fyddai'n gyfrifol am fy nghadw i ar dir y byw yn ystod y misoedd i ddod.

Bu ambell sgarmes yn ystod hydref cynta'r rhyfel ond, fel roedd y Capten Nicholls wedi'i ragweld, roedden ni'r ceffylau'n cael ein defnyddio'n llai aml ar gyfer y brwydro, ond yn hytrach fel dull o gludo milwyr a nwyddau o un lle i'r llall. Wrth agosáu at y gelyn, fe fyddai'r milwyr yn dod oddi ar ein cefnau ac yn mynd ar droed gan gario'u gynnau yn eu dwylo, a'n gadael ninnau yng ngofal grŵp bychan o filwyr. Roedd hyn yn golygu nad oedden ni'n gweld llawer o'r brwydro, dim ond yn clywed tanio'r reifflau a ratlo'r gynnau peiriant o bell. Pan fyddai'r milwyr yn dod yn eu holau, a'r sgwadron yn symud yn ei flaen, roedd 'na wastad ambell geffyl heb farchog.

Bydden ni'n teithio am ddyddiau lawer ar y tro, yna, o nunlle, rhuai rhyw foto-beic yn rhuo heibio drwy'r llwch. Ar unwaith roedd gorchmynion yn cael eu bloeddio, yr utgyrn yn canu a'r sgwadron yn gwyro oddi ar y lôn i frwydro eto. Yn ystod y teithiau hirfaith a llethol yma, a'r nosweithiau oer oedd yn eu dilyn, y dechreuodd y Marchfilwr Warren siarad efo fi. Dywedodd wrthyf hanes ei geffyl yn cael ei saethu'n farw oddi tano mewn brwydr – yr un frwydr ag y lladdwyd y Capten Nicholls ynddi. Ychydig wythnosau cyn hynny roedd yn of dan brentisiaeth i'w dad. Ond yna, roedd y rhyfel wedi dechrau. Doedd o ddim yn awyddus i ymuno â'r fyddin, ond roedd sgweiar y pentref wedi cael gair yng nghlust ei dad – y sgweiar hwnnw oedd yn gosod y tŷ a'r efail iddyn nhw – felly doedd gan dad y Marchfilwr Warren ddim dewis ond anfon ei fab i ryfel.

Gan ei fod wedi'i fagu yng nghanol ceffylau, roedd o wedi gwirfoddoli ar gyfer y marchoglu. 'Wyddost ti be, Shoni?' meddai un noson, wrth grafu fy ngharnau. 'Wir i ti, do'n i erioed yn meddwl y baswn i'n medru mynd ar gefn ceffyl eto ar ôl y frwydr gynta 'na. Ond y peth rhyfedd ydi, Shoni, nad y saethu oedd yn codi ofn arna i, ond y syniad o fynd ar gefn ceffyl eto. Anodd credu, tydi, a finnau'n brentis gof. Er, dwi wedi dod dros hynny rŵan, ac i ti mae'r diolch am hynny, Shoni. Chdi sy wedi rhoi fy hyder yn ôl i mi. Dwi'n teimlo y medra i wneud unrhyw beth rŵan. Dwi'n teimlo fel marchog go iawn mewn arfwisg pan fydda i'n dy farchogaeth di, Shoni.'

Yn nes ymlaen, a ninnau ar drothwy'r gaeaf, dechreuodd dywallt glaw fel hen wragedd a ffyn. Roedd pawb wrth eu bodd ar y dechrau gan ei fod yn newid mor iachus o'r holl lwch a'r pryfaid, ond cyn pen dim roedd y caeau a'r llwybrau'n prysur droi'n fwd o dan ein traed. Doedd y sgwadron, hyd yn oed, ddim yn medru dod o hyd i unrhyw le sych i wersylla ac roedden ni i gyd, yn filwyr a cheffylau, yn wlyb at ein crwyn drwy'r amser. Prin bod unrhyw gysgod o'r cawodydd trwm yn unman, a gyda'r nos roedden ni'n gorfod sefyll a'n traed yn ddwfn mewn llaid oer, anghynnes. Ond roedd y Marchfilwr Warren yn ofalus iawn ohonof, yn chwilio am unrhyw gysgod yn lle bynnag y gallai, ac yn trio fy nghynesu rywfaint wrth fy rhwbio â gwellt sych – pan gâi afael ar ychydig ohono. Byddai wastad yn sicrhau bod dogn go dda o geirch yn fy mag bwyd hefyd, i 'nghadw fi i fynd. Wrth i'r wythnosau fynd heibio, daeth ei falchder yn fy nerth a stamina'n amlwg i bawb, ac felly hefyd fy hoffter innau ohono yntau. Mi fyddwn i'n aml yn meddwl pa mor braf fyddai cael y Marchfilwr Warren i ofalu amdana i, ond rhywun arall i'm marchogaeth.

Byddai fy Marchfilwr Warren yn siarad cryn dipyn am y rhyfel. Y bwriad oedd, meddai, ein tynnu ni'n ôl i wersylloedd wrth gefn y tu ôl i'n rhengoedd ni. Roedd yn ymddangos bod y ddwy ochr wedi dyrnu'i gilydd hyd at syrffed yn y mwd, ac wedi aros yn eu hunfan. Roedd y tyllau ymochel wedi ymuno â'i gilydd i wneud ffosydd, a'r rheiny wedi cysylltu â'i gilydd i igam-ogamu'r holl ffordd ar draws gwlad, o'r môr i'r Swistir. Erbyn y gwanwyn byddai ein hangen eto i ailddechrau brwydro. Gallai'r marchoglu fynd i fannau oedd yn amhosib i'r gwŷr traed, ac roedden ni'n ddigon cyflym i oresgyn y ffosydd. Fe fydden ni'n dangos iddyn nhw sut i wneud, meddai. Ond roedd yn rhaid goroesi'r gaeaf yn gyntaf cyn y byddai'r ddaear dan draed yn ddigon cadarn unwaith eto i'r marchoglu allu gweithredu'n iawn.

Treuliodd Talfryn a minnau'r gaeaf yn ceisio cysgodi'n gilydd rhag y cenllysg a'r eira, gan glywed y gynnau dim ond ychydig filltiroedd i ffwrdd yn dyrnu'i gilydd ddydd a nos yn ddi-baid. Fe welson ni filwyr siriol yn gwenu dan eu hetiau tun wrth fartsio am y rheng flaen tan ganu a chwibanu, ac fe wylion ni'r rhai a lwyddodd i ddod yn ôl, yn llusgo'n flinderus a thawel dan eu clogynnau gwlyb domen.

Bob hyn a hyn fe fyddai'r Marchfilwr Warren yn cael llythyr o adref, ac yn ei ddarllen i mi dan sibrwd, rhag ofn i unrhyw un arall ei glywed. Ei fam oedd yn anfon y llythyrau, a'r un oedd eu cynnwys bob tro, fwy neu lai:

F'annwyl Charlie,
Mae dy dad a finnau'n gobeithio dy fod yn cadw'n iawn.
Roedd gynnon ni hiraeth mawr amdanat ti dros y
Nadolig – roedd y gegin 'ma'n teimlo'n wag hebddat ti.
Mae dy frawd bach yn helpu hynny fedar o efo'r gwaith,
ac mae Dad yn ei ganmol, yn dweud ei fod yn dysgu'n

*gyflym, ond ei fod braidd yn rhy eiddil a heb fod yn
ddigon cryf eto i ddal y ceffylau fferm. Bu farw Neli
Wittle, y wraig węddw oedd yn rhentu fferm Hanniford,
yn ei chwsg wythnos dwytha. Roedd hi'n bedair ugain,
felly doedd ganddi ddim lle i gwyno. Er mae'n siŵr y
basa hi'n gwneud tasa hi'n medru – swnan fuodd hi
erioed, wyt ti'n cofio? Wel dyna ni, fy mab annwyl,
dyna'n hanes ni i gyd am wn i. Mae Sali o'r pentref yn
cofio atat ti ac yn addo sgwennu atat cyn bo hir. Bydd
di'n ofalus, cariad aur, a brysia adra.*

Dy fam gariadus.

'Ond wneith Sali ddim sgwennu ata i, Shoni, achos tydi hi
ddim yn medru – wel, ddim yn dda iawn beth bynnag.
Unwaith y bydd yr hen lol 'ma wedi darfod, mi fydda i'n
mynd 'nôl adref i'w phriodi hi. 'Dan ni wedi tyfu i fyny
efo'n gilydd, Shoni, yn ffrindiau ers y crud. Mae'n siŵr fy
mod i'n ei nabod hi gystal â dwi'n nabod fy hun, a dwi'n ei
hoffi hi yn fwy na fi fy hun.'

Roedd y Marchfilwr Warren fel llygedyn o oleuni i mi
drwy dywyllwch y gaeaf hwnnw. Roedd yn codi fy nghalon
i, ac roedd Talfryn hefyd yn falch o'i weld yn cerdded tuag
at y rhes o geffylau. Doedd ganddo ddim syniad faint o les
wnaeth o i ni. Yn ystod y gaeaf ofndawy hwnnw, aeth
cymaint o'r ceffylau i'r ysbyty milfeddygol, heb fyth ddod
yn ôl. Fel pob ceffyl rhyfel, roedd ein cotiau wedi cael eu
torri'n fyr fel cotiau ceffylau hela, gan adael ein chwarter
isaf yn noeth i'r gwynt a'r glaw a'r mwd. Y rhai gwannaf
yn ein mysg oedd y rhai cyntaf i ddioddef – doedden nhw

ddim yn ddigon gwydn a buan iawn roedden nhw'n dirywio. Llwyddodd Talfryn a minnau i oroesi tan y gwanwyn, er iddo fo ddioddef o beswch ofnadwy a ysgydwai ei gorff enfawr, fel petai'r peswch yn ceisio rhwygo'i fywyd allan ohono. I'r Capten Stewart roedd y diolch am ei achub, drwy ei fwydo â stwnsh poeth bob dydd, a'i orchuddio gorau gallai yn ystod y tywydd gwaelaf.

Un noson gythreulig o oer, a'r barrug yn flanced ar ein cefnau, gwelsom yr holl filwyr yn dod tuag at y rhes geffylau yn anaferol o gynnar. Doedd y wawr ddim wedi torri eto. Bu'r gynnau'n clecian yn ddi-baid drwy'r nos ac roedd 'na gyffro a bwrlwm newydd yn y gwersyll. Yn amlwg, nid un o'r ymarferion dyddiol arferol oedd hwn. Daeth y milwyr atom yn eu gwisg filwrol lawn, yn cynnwys dau fandolîar, ysgrepan fwgwd nwy, gwn a chleddyf yr un. Rhoddwyd cyfrwy ar ein cefnau a dyma ddechrau symud yn ddistaw bach o'r gwersyll ac allan i'r lôn. Dechreuodd y milwyr drafod y frwydr oedd ar droed, ac fe ddiflannodd holl ddiflastod y misoedd diwethaf wrth iddyn nhw ddechrau canu wrth ein marchogaeth, ac roedd fy Marchfilwr Warren yn canu mor harti â'r gweddill.

Yng ngoleuni llwydaidd y nos, ymunodd y sgwadron â'r gatrawd yng nghanol adfeilion rhyw bentref; doedd yr un enaid byw arall yno, oni bai am y cathod. Arhoswyd yn y fan honno am awr nes i olau egwan y wawr godi ar y gorwel. Roedd y gynnau'n dal i ruo'n flin, a'r ddaear yn ysgwyd dan ein traed. Dyma gerdded heibio'r ysbyty maes a'r gynnau bach, a throtian tuag at y ffosydd cynnal cyn gweld maes y gad am y tro cyntaf. Roedd difrod a dinistr ofnadwy ym mhobman. Doedd yr un adeilad yn dal i sefyll, na'r un glaswelltyn yn tyfu ar y tir toredig, garw. Daeth taw ar y canu, ac ymlaen â ni mewn distawrwydd arswydus heibio'r ffosydd oedd yn llawn dynion – eu bidogau'n sownd wrth eu gynnau.

Gallwn glywed ambell floedd anogol wrth i ni glecian ar hyd y planciau allan i ddiffeithwch tir neb, i'r dryswch o wifrau, pyllau sielio a llanast erchyll rhyfel. Yn sydyn, tawodd y tanio uwch ein pennau. Roedden ni wedi mynd drwy'r wifren. Lledodd y sgwadron i ffurfio asgell lydan, ac atseiniodd yr utgorn. Teimlais y sbardunau'n brathu fy ystlysau a symudais yn nes at Talfryn wrth i ni ddechrau carlamu.

'Gwna dy orau, Shoni bach,' meddai'r Marchfilwr Warren, gan estyn ei gleddyf. 'Gwna dy orau, was.'

PENNOD 8

Am ychydig funudau, roedden ni'n trotian yn union fel roedden ni'n arfer ei wneud wrth ymarfer. Yn nistawrwydd iasol tir neb, doedd dim smic i'w glywed heblaw am dincial harneisiau, a sŵn anadlu trwm y ceffylau. Roedden ni'n pigo'n ffordd o gwmpas y tyllau, gan geisio cadw mewn llinell syth. Ar ben bryn isel o'n blaenau ni, fe welwn weddillion coedwig wedi'i malu'n rhacs, a rholyn o wifren bigog rydlyd yn ymestyn cyn belled ag y gallen ni weld.

'Y wifren,' sibrydodd y Marchfilwr Warren rhwng ei ddannedd. 'O'r nefoedd, Shoni! Fe ddywedson nhw y basa'r wifren wedi hen fynd, y basa'r gynnau wedi'i chwalu hi. O, dduw annwyl!'

A ninnau'n hanner-carlamu bellach, doedd dim golwg o'r gelyn yn unman, na smic o sŵn i'w glywed. Roedd y milwyr yn gweiddi ar elyn anweledig, yn gwyro dros yddfau'r ceffylau a'u cleddyfau'n ymestyn o'u blaenau. Gorfodais fy hun i gyflymu, er mwyn aros efo Talfryn, ac wrth i mi agosáu ato dyma'r sielio'n dechrau a sŵn ergydion y gynnau peiriant yn dryllio'n clustiau. Roedd bedlam y frwydr wedi dechrau! O 'nghwmpas i ym mhobman fe welwn ddynion yn gweiddi cyn disgyn i'r ddaear, a cheffylau'n codi'u coesau blaen gan weryru mewn ofn a phoen. Ffrwydrodd y ddaear i'r naill ochr a'r llall i mi, gan daflu ceffylau a'u marchogion yn uchel i'r awyr. Roedd rhuo'r sieliau'n rhwygo'r aer uwchben, a phob ffrwydrad yn teimlo fel daeargryn i ni. Ond ymlaen â'r sgwadron drwy'r cwbl, ymlaen tuag at y wifren ar ben y bryn, a minnau yn eu mysg.

Roedd pennau gliniau'r Marchfilwr Warren yn cydio ynof fel feis. Baglais unwaith, ac wrth deimlo'i droed yn dod allan o'r warthol arafais ychydig iddo gael hyd iddi eto. Roedd Talfryn o 'mlaen i o hyd, ei ben yn uchel a'i gynffon yn chwipio o ochr i ochr. Llifodd rhywfaint o nerth i'm coesau a charlamais ar ei ôl. Roedd y Marchfilwr Warren yn gweddïo'n uchel erbyn hyn, ond cyn pen dim roedd ei eiriau wedi troi'n felltithion wrth iddo weld y lladdfa o'i gwmpas. Ychydig iawn o geffylau oedd wedi cyrraedd y wifren, ac roedd Talfryn a minnau yn eu plith. Roedd ein gynnau wedi chwythu sawl twll yn y wifren, felly llwyddon ni i wasgu drwy'r bylchau nes cyrraedd ffosydd rheng flaen y gelyn; er mawr syndod i ni, roedden nhw'n wag. Erbyn hyn deuai'r saethu o gyfeiriad gwahanol, o ganol y coed yn uwch i fyny. Felly dyma'r sgwadron – neu'r hyn oedd ar ôl ohono – yn ailymgynnull ac yn carlamu tua'r coed, ond roedd gwifren arall o'u blaenau, wedi'i chuddio'n gelfydd. Roedd rhai o'r ceffylau wedi carlamu'n syth i mewn i'r wifren cyn i'w marchogion allu eu rhwystro, gan fynd yn hollol sownd ynddi a'r milwyr yn ymdrechu'n daer i'w rhyddhau. Mi welais un marchog yn dod oddi ar gefn ei geffyl ar ôl i hwnnw fynd yn sownd. Estynnodd am ei wn a saethu'r ceffyl, cyn iddo yntau ddisgyn yn farw ar y wifren wrth ei ymyl.

Gallwn weld ar unwaith nad oedd unrhyw obaith o

fynd drwy'r wifren ac mai'r unig ddewis oedd neidio drosti. Ac ar ôl i mi weld y Capten Stewart a Talfryn yn llamu dros y wifren yn ei man isaf fe'u dilynais innau, a dyna lle roeddem o'r diwedd yng nghanol y gelyn. Heidiodd y gelyn yn eu helmedau pigog o ganol y coed ac o'r ffosydd fel gwenyn at fêl i wrthymosod. Dyma nhw'n rhedeg heibio i ni gan ein hanwybyddu nes eu bod wedi ymgasglu mewn cylch o'n cwmpas, a'u reifflau i gyd yn anelu atom.

Tawodd holl ffrwydradau ac ergydio'r frwydr. Edrychais o 'nghwmpas i chwilio am weddill y sgwadron, ond sylweddolais ein bod ni ar ein pennau'n hunain. Y tu ôl i ni, roedd ceffylau heb farchogion – y cyfan oedd yn weddill o'n marchoglu balch – yn carlamu'n ôl at ein ffosydd, ac roedd y llethr oddi tanom wedi'i orchuddio â'r meirw a'r rhai oedd ar fin marw.

'Tafla dy gleddyf i'r llawr, Marchfilwr Warren,' meddai Capten Stewart, gan wyro yn ei gyfrwy a gollwng ei gleddyf ei hun ar y llawr. 'Mae 'na ddigon o gyflafan gwastraffus wedi bod heddiw heb i ninnau ychwanegu ati.' Arweiniodd Talfryn tuag atom. 'Marchfilwr Warren, fe ddywedais i wrthyt ti un tro mai dyma'r ddau geffyl gorau yn yr holl sgwadron, a heddiw maen nhw wedi profi mai nhw ydi'r gorau yn y gatrawd, yn yr holl fyddin – a does 'na ddim marc arnyn nhw.' Wrth i'r milwyr Almaenig agosáu tuag atom, daeth y Capten Stewart oddi ar gefn Talfryn ac fe wnaeth y Marchfilwr Warren yr un fath. Safodd y ddau ochr wrth ochr wrth i'r Almaenwyr ein hamgylchynu. Fe edrychon ni i lawr y llethr at faes y gad.

Roedd ambell geffyl yn dal i wingo yn y wifren, ond fesul un roedd yr Almaenwyr yn rhoi diwedd ar eu poen ac yn ailfeddiannu'r ffosydd. Yr ergydion hynny oedd ergydion olaf y frwydr.

'Am wastraff,' meddai'r Capten. 'Am wastraff erchyll. Efallai rŵan y gwnân nhw ddeall nad oes unrhyw synnwyr mewn gyrru ceffylau yn erbyn gwifren bigog a gynnau peiriant. Efallai, rŵan, y gwnân nhw ailfeddwl.'

Roedd y milwyr o'n cwmpas fel petaen nhw'n wyliadwrus iawn ohonon ni, ac yn cadw'u pellter. Doedden nhw ddim fel petaen nhw'n gwybod beth i'w wneud â ni. 'A'r ceffylau, syr?' holodd y Marchfilwr Warren. 'Shoni a Talfryn, beth fydd yn digwydd iddyn nhw rŵan?'

'Yr un fath â ni, Marchfilwr Warren,' atebodd y Capten. 'Maen nhw'n garcharorion rhyfel, yn union fel y ddau ohonon ni.' Arweiniwyd ni gan y milwyr tawedog dros ael y bryn ac i lawr i'r dyffryn islaw. Roedd y tir yn dal yn wyrdd dan draed yn y fan hon, gan nad oedd llanast y rhyfel wedi cyrraedd yr ardal eto. Roedd braich y Marchfilwr Warren yn gafael yn dynn amdanaf yr holl amser, ac fe deimlwn ei fod wedi dechrau ffarwelio â mi.

Yn dawel bach, sibrydodd yn fy nghlust, 'Dwi ddim yn meddwl y cei di ddod efo fi i'r lle dwi'n mynd, Shoni. Trueni mawr, ond chei di ddim. Ond wna i fyth dy anghofio di, dwi'n addo i ti.'

'Paid â phoeni, was,' meddai'r Capten Stewart wrtho. 'Mae'r Almaenwyr yr un mor hoff â ni o'u ceffylau. Mi fyddan nhw'n iawn. A beth bynnag, mi fydd Talfryn yn siŵr o warchod Shoni, mae hynny'n bendant.'

Wrth i ni ddod allan o'r coed ac ymuno â'r ffordd islaw, cawsom ein stopio gan ein hebryngwyr. Gorchmynnwyd i'r Capten Stewart a'r Marchfilwr Warren gerdded i lawr y lôn tuag at glwstwr o adfeilion a arferai fod yn bentref ar un adeg. Cafodd Talfryn a minnau ein tywys ar draws y caeau ac ymhellach i lawr y dyffryn. Doedd dim amser i ffarwelio'n iawn – dim ond mwythau sydyn ar ein trwynau, ac i ffwrdd â nhw. Wrth i'r ddau gerdded oddi wrthym, gwelais y Capten Stewart yn rhoi ei fraich yn gysurlon am ysgwydd y Marchfilwr Warren.

PENNOD 9

Cawsom ein hebrwng gan ddau filwr nerfus i lawr lonydd fferm, heibio perllannau a thros rhyw bont cyn cael ein clymu'n sownd ger pabell ysbyty maes, rai milltiroedd o'r fan lle cawsom ein dal. Ar unwaith, ymgasglodd criw o filwyr clwyfedig o'n cwmpas ni a dechrau'n hanwesu. Dechreuais chwifio fy nghynffon yn ddiamynedd. Ro'n i'n llwgu, yn sychedig ac yn flin ar ôl cael fy ngwahanu oddi wrth y Marchfilwr Warren.

Doedd neb fel petaen nhw'n rhyw sicr iawn beth i'w wneud â ni nes i swyddog mewn côt lwyd laes a rhwymyn am ei ben gerdded allan o'r babell. Roedd yn ddyn anhygoel o dal, ben ac ysgwydd uwchben pob un arall o'i amgylch. Gwelwn o'i osgo cadarn a'i gefn syth fod y dyn yma wedi hen arfer â bod mewn awdurdod. Gan fod y rhwymyn wedi'i lapio dros un llygad, dim ond hanner ei wyneb oedd yn y golwg. Wrth iddo agosáu, mi sylwais ei fod yn gloff ac yn gorfod cerdded gan roi'i bwysau ar ffon, a bod un o'i draed mewn rhwymyn hefyd. Neidiodd y milwyr i'r naill ochr wrth ei weld, ac roedd pob un yn sefyll yn gefnsyth o'i flaen o fewn dim amser. Edrychodd yn ofalus ar Talfryn a minnau, a gwelwn yr olwg edmygus ar ei wyneb.

Ysgydwodd y swyddog ei ben ac ochneidio cyn troi i wynebu'i ddynion. 'Mae 'na gannoedd o geffylau fel y rhain yn gelain ar y wifren 'na,' meddai. 'Petaen ni hanner mor ddewr â nhw fe fydden ni i gyd ym Mharis erbyn hyn, ac nid yn fan'ma yn ymlafnio yn y llaid. Mae'r ddau geffyl yma wedi dod trwy uffern i gyrraedd fan hyn – dyma'r unig ddau lwyddodd i ddod drwyddi. Does dim bai arnyn nhw eu bod wedi'u gyrru ar siwrnai seithug. Nid anifeiliaid syrcas mo'r rhain ond arwyr, ydach chi'n deall? Arwyr – ac fe ddylid eu trin nhw fel arwyr. A dyma chitha i gyd yn sefyllian yma'n syllu arnyn nhw fel ffyliaid. Does 'run ohonoch chi wedi'ch clwyfo'n ddifrifol, ac mae'r doctor yn llawer rhy brysur i'ch trin ar hyn o bryd. Felly, dwi am i chi dynnu'r cyfrwyau oddi ar eu cefnau, eu sychu, a rhoi bwyd a diod iddyn nhw ar unwaith. Bydd angen gwellt a cheirch arnyn nhw, a blanced yr un – felly tân dani, reit handi.'

Gwasgarodd y milwyr fel marblis i bob cyfeiriad, a chyn pen dim roedd Talfryn a minnau'n derbyn pob math o garedigrwydd chwithig ganddyn nhw. Roedd yn berffaith amlwg nad oedd yr un ohonyn nhw wedi trin ceffyl o'r blaen, ond doedd dim ots am hynny – roedd y ddau ohonom mor ddiolchgar am yr holl borthiant a'r dŵr. Roedd digon o bopeth i'w gael y bore hwnnw, a'r swyddog tal yn pwyso ar ei ffon yn arolygu'r cyfan o gysgod y coed yr holl amser. O dro i dro fe gerddai tuag atom a rhedeg ei ddwylo ar draws ein cefnau, gan nodio'i ben i gymeradwyo'r hyn a welai, ac esbonio i'w filwyr am y gelfyddyd o fagu ceffylau wrth iddo'n harchwilio. Ymhen hir a hwyr, daeth dyn mewn côt wen allan o'r babell at y swyddog. Roedd ei wallt fel nyth brân a golwg wedi blino'n lân arno. Roedd gwaed ar ei gôt.

'Daeth galwad ffôn o'r Pencadlys ynghylch y ceffylau,

Herr Hauptmann,' meddai'r dyn yn y gôt wen. 'A dwi wedi cael gorchymyn i'w cadw ar gyfer cario cleifion. Mi wn i beth ydi'ch barn chi ar y mater, Hauptmann, ond mae gen i ofn na chewch chi mohonyn nhw. Mae gwir angen y ceffylau 'ma arnon ni, ac o weld sut mae pethau ar hyn o bryd, dwi'n ofni y bydd angen mwy fyth ohonyn nhw. Dim ond un ymosodiad oedd hwnna – a bydd mwy i ddod. 'Dan ni'n disgwyl cyrch hir – mi fydd hi'n frwydr faith. Mae'r ddwy ochr yr un fath – unwaith 'dan ni wedi dechrau rhywbeth mae'n rhaid i ni gael profi pwynt, ac mae hynny'n llyncu amser a bywydau. Mi fydd angen yr holl gymorth ambiwlans â phosib, boed hynny'n gerbyd neu'n geffyl.'

Sgwariodd Herr Hauptmann fel cawr: roedd yn amlwg fod y meddyg wedi codi'i wrychyn. 'Doctor,' meddai, 'fedrwch chi ddim defnyddio ceffylau godidog marchoglu Prydain, fel y rhain, i dynnu troliau! Fe fyddai unrhyw un o'n catrodau ni'n falch – wrth eu boddau, yn wir – yn cael creaduriaid ysblennydd fel y rhain yn eu rhengoedd. Fedrwch chi ddim, doctor. Wna i ddim caniatáu'r ffasiwn beth.'

'Herr Hauptmann,' meddai'r doctor yn amyneddgar – doedd y swyddog yn amlwg ddim yn ei ddychryn. 'Ydach chi'n wirioneddol gredu, ar ôl y gwallgofrwydd 'na bore 'ma, y bydd y naill ochr na'r llall yn mynd â meirch i faes y gad eto? Fedrwch chi ddim gweld ein bod ni angen pob math o drafnidiaeth, Herr Hauptmann, a'i angen o y funud hon? Mae 'na ddynion dewr – yn Almaenwyr a Phrydeinwyr – yn gorwedd ar stretsiers, yn gorwedd yn y ffosydd, heb drafnidiaeth i'w cludo nhw yma oddi yma i'r ysbyty. Rŵan, ydach chi am i'r dynion hyn farw, Herr Hauptmann? Hmmm? Ydach chi am iddyn nhw farw? Wrth ddefnyddio'r ceffylau hyn i dynnu troliau, gallem ddod â'r dynion hynny'n ôl yn eu degau. Mae pob ambiwlans sy'n dal i weithio'n mynd yn sownd yn y llaid neu'n torri i lawr. Os gwelwch yn dda, Herr Hauptmann, rydan ni angen eich help.'

'Mae'r byd,' meddai'r swyddog Almaenig yn araf, gan ysgwyd ei ben, 'wedi mynd yn gwbl wallgof. Pan fo ceffylau gwych fel y rhain yn cael eu gorfodi i gario'r ffasiwn faich, yn wir, mae'r byd wedi mynd yn gwbl wallgof. Ond rydw i'n gwybod mai chi sy'n iawn. Marchog ydw i, doctor, ond rydw i hyd yn oed yn sylweddoli bod dynion yn bwysicach na cheffylau. Ond mae'n rhaid i chi wneud yn siŵr fod pwy bynnag sy'n gyfrifol am y ddau geffyl yma'n hen lawiau wrth drin ceffylau – tydw i ddim isio gweld yr un peiriannydd efo dwylo budron ar eu cyfyl nhw. Ac mae'n rhaid i chi rybuddio'r gofalwyr mai ceffylau marchogaeth ydyn nhw. Fyddan nhw ddim yn hapus yn cael eu gorfodi i dynnu trol, waeth pa mor ddilys ydi'r achos.'

'Diolch, Herr Hauptmann,' meddai'r doctor. 'Rydach chi'n garedig iawn, ond mae gen i un broblem. Fel y cytunwch chi, dwi'n siŵr, mi fydd angen arbenigwr i'w trin nhw yn y dechrau, yn enwedig a hwythau heb dynnu trol o'r blaen. Mae arna i ofn mai dim ond cynorthwywyr meddygol sydd gen i yma. Mae un ohonyn nhw wedi gweithio ar fferm yn y gorffennol ond, a bod yn onest

Herr Hauptmann, does gen i neb sydd â'r gallu na'r wybodaeth i drin y ddau geffyl 'ma – neb heblaw amdanoch chi. Mi wn i eich bod chi ar gychwyn i Ysbyty'r Pencadlys pan ddaw'r ambiwlans heno. Mae'n ffafr fawr i'w gofyn i ddyn wedi'i glwyfo, ond fe welwch chi pa mor sobor ydi hi arnon ni. Beth amdani, Herr Hauptmann? Fedrwch chi helpu?'

Herciodd y sowldiwr tuag atom ac anwesu'n trwynau'n dyner cyn gwenu a chytuno. 'O'r gorau. Ond mae'n warth, yn warth,' meddai. 'Os oes raid iddo ddigwydd, yna mi fydda i'n fodlon helpu er mwyn iddo gael ei wneud yn iawn.'

Felly, ar yr union brynhawn pan gipiwyd Talfryn a finnau, rhoddwyd ni ochr yn ochr a'n bachu wrth hen drol wair. Gyda swyddog yn cyfarwyddo dau filwr, cawsom ein gyrru drwy'r coed unwaith eto, tuag at ddwndwr y frwydr a'r holl gleifion oedd yn aros amdanom. Roedd Talfryn, gan nad oedd erioed wedi tynnu unrhyw beth o'r blaen yn ei fywyd, wedi'i gythruddo'n ofnadwy, ac o'r diwedd ces innau gyfle i helpu Talfryn, gan ei arwain, ei gynnal a'i gysuro.

I ddechrau roedd y swyddog yn ein harwain gan hercian ar ei ffon wrth fy ymyl, ond cyn bo hir teimlai'n ddigon hyderus i fynd i mewn i'r drol efo'r ddau filwr arall, a chymryd yr awenau. 'Mae'n amlwg dy fod ti wedi gwneud hyn o'r blaen, gyfaill,' meddai wrthyf i. 'Alla i weld hynny'n iawn. Ro'n i wastad wedi amau bod y Prydeinwyr yn wallgof. Ac yn wir, os ydyn nhw'n defnyddio dau geffyl fel chi i dynnu trol, yna dwi'n hollol sicr o hynny. Dyna'n union beth ydi'r rhyfel yma yn y pen draw, gyfaill. Rhyfel ynglŷn â phwy sydd fwyaf gwallgof. Ac mae'n amlwg bod y fantais ar eich hochr chi Brydeinwyr. Roeddech chi'n wallgof yn barod.'

Drwy'r prynhawn a'r fin nos, wrth i'r frwydr ruo o'n cwmpas, fe gerddon ni ar hyn y rhengoedd, gan dynnu'r drol yn llawn o gleifion oedd yn aros i'w cario i'r ysbyty maes. Roedd y daith yn sawl milltir o hyd bob ffordd, y tir yn dyllog dan draed, a chyrff dynion a mulod yn gorwedd ym mhobman yn y mwd. Roedd y saethu o'r ddwy ochr yn ddi-baid. Rhuodd y frwydr drwy'r dydd wrth i'r milwyr o'r ddwy ochr hyrddio'u hunain tuag at ei gilydd ar draws tir neb. Roedd y cleifion a allai gerdded yn llenwi'r lonydd. Nid dyma'r tro cyntaf i mi weld yr un wynebau llwyd o dan eu helmedau. Yr unig wahaniaeth oedd eu dillad – roedd y rheiny'n llwyd a choch bellach, a'r helmedau heb fod yn grwn a chantel llydan iddynt.

Roedd hi'n dechrau nosi erbyn i'r swyddog tal ein gadael ni. Fe gododd ei law arnon ni a'r doctor wrth ddringo i mewn i'r ambiwlans olaf, cyn i'r cerbyd bydru mynd ar hyd y cae ac o'r golwg. Trodd y doctor at y dynion oedd wedi bod efo ni drwy'r dydd. 'Gwnewch chi'n siŵr fod y ddau yma'n cael y gofal gorau,' meddai. 'Maen nhw wedi achub bywydau nifer o ddynion da heddiw – rhai'n Almaenwyr a rhai'n Brydeinwyr. Maen nhw'n haeddu'r gofal gorau. Gwnewch chi'n siŵr o hynny, hogia.'

A'r noson honno, am y tro cyntaf ers i ni ddod i'r rhyfel, cafodd Talfryn a minnau gysgu mewn moethusrwydd stabl. Roedd yna sied ar fferm a swatiai ar draws y caeau gyferbyn â'r ysbyty. Symudwyd y moch a'r ieir oddi yno, ac arweiniwyd ni i mewn. Yno, yn aros amdanom, roedd rhesel yn llawn gwellt melys a dŵr oer, llesol.

Ar ôl i ni fwyta'r gwair i gyd, swatiodd Talfryn a minnau efo'n gilydd ym mhen pella'r stabl. Ro'n i'n hanner cysgu, yn methu â meddwl am ddim ond fy nghyhyrau blinedig a 'ngharnau clwyfus, pan yn sydyn agorodd cil y drws a llifodd golau oren i mewn. Roedd sŵn traed i'w glywed y tu ôl i'r golau. Cododd y ddau ohonon ni'n pennau yr un pryd, a mwyaf sydyn ro'n i'n llawn ofn. Am eiliad meddyliais mod i'n ôl adref yn y stablau efo 'rhen Cari. Canai larwm yn fy mhen wrth weld y golau symudol, gan f'atgoffa'n syth o dad Albert. Neidiais ar fy nhraed a symud yn ôl wysg fy nghefn cyn belled ag y medrwn i, a Talfryn wrth fy ochr yn barod i'm hamddiffyn. Ond nid llais cras a meddw oedd y llais a siaradodd, ond yn hytrach llais annwyl, cynnes merch ifanc. Fe welwn erbyn hyn fod dau berson yn sefyll y tu draw i'r golau; hen ddyn yn ei gwman mewn dillad blêr a chlocsiau oedd un, ac wrth ei ymyl fe welwn ferch ifanc efo siôl wedi'i lapio am ei phen a'i hysgwyddau.

'Dyna chi, Taid,' meddai'r ferch. 'Mi ddwedais i eu bod nhw wedi'u rhoi nhw yma, yn do? Welsoch chi erioed unrhyw beth mor dlws, Taid? Gân nhw fod yn geffylau i mi, Taid? Ga i nhw os gwelwch yn dda, Taid?'

PENNOD 10

Os ydi hi'n bosib bod yn hapus yng nghanol hunllef, yna roedd Talfryn a minnau'n hapus yr haf hwnnw. Ddydd ar ôl dydd, byddai'n rhaid i ni fynd ar deithiau peryglus at y rheng flaen, nad oedd wedi symud llawer mwy nag ambell ganllath i'r naill gyfeiriad na'r llall, er gwaetha'r ymosodiadau a'r gwrthymosodiadau parhaus. Roedden ni'n olygfa gyfarwydd bellach wrth i ni lusgo'r drol ambiwlans yn ôl ac ymlaen ar hyd y llwybr tyllog o'r ffosydd, a'i llond hi o gyrff marw a rhai wedi'u clwyfo. Byddai'r milwyr ar orymdaith yn aml yn gweiddi hwrê wrth basio. Unwaith, ar ôl i ni fynd dow-dow, wedi ymlâdd gormod i deimlo'n ofnus, drwy'r tanio marwol o'n cwmpas, daeth un o'r milwyr ataf i yn waed ac yn llaid drosto i gyd. Safodd wrth f'ymyl, lapio'i fraich dda am fy ngwddw a rhoi clamp o sws i mi.

'Diolch, gyfaill,' meddai. 'Feddyliais i erioed y basan nhw'n llwyddo i'n cael ni o'r uffern 'na. Mi ffeindiais i hon ddoe, ac ro'n i wedi rhyw feddwl ei chadw i mi fy hun – ond rŵan, dwi'n gwybod yn union beth i'w wneud efo hi.' Cododd ei law a rhoi rhuban mwdlyd o amgylch fy ngwddw. Roedd Croes Haearn ar y rhuban. 'Mi fydd yn rhaid i ti ei rhannu efo dy ffrind,' meddai'n annwyl. 'Maen nhw'n dweud wrtha i mai Prydeinwyr ydych chi'ch dau. Mi fetia i mai chi ydi'r rhai cyntaf yn y rhyfel 'ma i ennill Croes Haearn – a'r rhai olaf, synnwn i damed.' Daeth curo dwylo a gweiddi mawr o gyfeiriad pabell yr ysbyty wrth i'r cleifion oedd yn aros y tu allan weld y milwr yn rhoi'r rhuban i mi. Rhedodd y doctoriaid a'r nyrsys a'r cleifion allan er mwyn gweld beth oedd achos y gorfoledd mawr yma yng nghanol yr holl drallod.

Gosodwyd ein medal Croes Haearn ar hoelen y tu allan i ddrws ein stabl, ac ar ambell ddiwrnod tawel prin pan nad oedd angen i ni deithio at y rheng flaen, deuai ychydig o'r cleifion am dro o'r ysbyty i'r fferm i'n gweld ni. Do'n i ddim yn deall pam ein bod ni'n cael y ffasiwn sylw ond yn wir, ro'n i wrth fy modd ac yn gwthio fy mhen dros ddrws y stabl cyn gynted ag y clywn leisiau milwyr yn y buarth. Safai Talfryn a minnau ysgwydd yn ysgwydd gan fwynhau'r holl fwythau a chanmoliaeth; weithiau, byddem hyd yn oed yn cael anrheg o siwgr lwmp neu afal.

Ond nosweithiau'r haf hwnnw sy'n aros yn gryf yn y cof. Yn aml iawn roedd yn fachlud haul erbyn i ni gyrraedd yn ôl i'r buarth ac yno bob nos yn ddi-ffael, yn aros yn selog wrth y stabl, byddai'r ferch fach a'i thaid yn barod i'n croesawu ni. Roedd y milwyr yn ein trosglwyddo i'w gofal nhw – a da o beth hynny, oherwydd er mor glên oedd y milwyr, doedden nhw'n deall dim am geffylau. Emilie fach a'i thaid oedd wedi mynnu gofalu amdanon ni ac fe fydden nhw'n ein rhwbio ac yn trin ein cleisiau a'n clwyfau'n ofalus; yn ein bwydo a'n tacluso, ac yn sicrhau bod yna ddigon o wair cynnes, glân i ni gysgu arno. Roedd Emilie hyd yn oed wedi mynd i'r drafferth o wneud rhidens a'u gosod dros ein llygaid rhag i'r pryfaid ein poeni. Yn ystod y nosweithiau mwyn hynny fe fyddai'n ein harwain ni i bori ar y ddôl islaw'r ffermdy, gan aros i'n gwylio ni nes y dôi ei thaid i'n galw ni i mewn.

Merch fechan, eiddil oedd Emilie, ond byddai'n ein tywys o amgylch y fferm yn hollol hyderus, gan sgwrsio'n ddi-baid am weithgareddau'r dydd, dweud pa mor ddewr oedden ni a pha mor falch oedd hi ohonon ni'n dau. Pan ddaeth gaeaf arall, a'r glaswellt yn dechrau colli'i flas, fe fyddai hi'n dringo i groglofft y stabl a thaflu gwellt i lawr i ni, gan orwedd ar ei bol yn ein gwylio'n bwyta'n eiddgar. A phan fyddai ei thaid yn brysur ar y buarth byddai Emilie yn sgwrsio fel pwll y môr am y dyfodol, pan fyddai hi'n hŷn ac yn gryfach a'r milwyr i gyd wedi mynd adref. Disgrifiai sut y byddai hi'n ein marchogaeth ni – bob yn ail, meddai hi – drwy'r goedwig, ac fel y bydden ni'n hapus am byth bythoedd petaen ni'n aros efo hi.

Erbyn hyn roedd Talfryn a minnau'n hen lawiau ar ein gwaith, ac efallai bod hynny ynddo'i hun yn ddigon i'n gyrru ni drwy sŵn rhuo'r gynnau mawr i'r ffosydd bob bore – ond roedd mwy iddi na hynny hefyd. I ni, y symbyliad oedd y gobaith y bydden ni'n mynd 'nôl bob nos i'r stabl er mwyn i Emilie ofalu amdanom a'n caru. Dyna fydden ni'n edrych ymlaen ato ac yn dyheu amdano. Mae pob ceffyl yn reddfol hoff o blant, gan nad ydi eu lleisiau meddal a'u maint yn fygythiad; ond roedd Emilie'n blentyn arbennig i ni, gan y byddai'n treulio pob munud posib yn ein cwmni, ac roedd hi'n hael ei serch. Byddai'n aros ar ei thraed yn hwyr bob min nos i'n sychu ac i drin ein carnau ni, ac yn codi'n fore i wneud yn siŵr ein bod ni wedi cael brecwast da cyn i'r milwyr ddod i'n nôl ni a'n clymu ni wrth drol yr ambiwlans. Arferai ddringo i ben y wal wrth y llyn a sefyll yno'n chwifio llaw; ac er na fedrwn i droi i edrych, ro'n i'n gwybod y byddai'n aros yno nes i ni ddiflannu o'r golwg. Ac yno roedd hi'n aros amdanom gyda'r hwyr, ei dwylo wedi'u plethu'n gyffrous wrth ein gwylio ni'n cael ein gollwng yn rhydd o'r drol.

Ond un noson ar ddechrau'r gaeaf, doedd Emilie ddim yno i'n croesawu ni. Roedden ni wedi gorfod gweithio'n galetach nag arfer y diwrnod hwnnw gan fod eira cynta'r gaeaf wedi cau'r llwybrau at y ffosydd i bob cerbyd heblaw am y rhai a dynnid gan geffylau, felly roedd yn rhaid i Talfryn a minnau wneud dwywaith gymaint o deithiau wrth gludo cleifion. A ninnau wedi ymlâdd, yn llwgu ac yn sychedig ofnadwy, cawsom ein tywys i'r stabl gan daid Emilie, ond ddywedodd o 'run gair o'i ben wrth ein trin yn frysiog a ruthro'n ôl ar draws y buarth i'r tŷ. Treuliodd Talfryn a minnau'r hwyrnos ger drws y stabl yn gwylio'r plu eira'n disgyn a'r golau gwan a ddeuai o gyfeiriad y tŷ. Fe wydden ni fod rhywbeth mawr o'i le, hyd yn oed cyn i'r hen ŵr ddod yn ôl i ddweud wrthon ni.

Fe glywsom sŵn ei draed yn crensian yn yr eira berfeddion nos. Roedd wedi gwneud llond bwced o fwyd poeth i ni, yn ôl y disgwyl, ac eisteddodd ar y gwellt i'n gwylio ni'n bwyta. 'Wyddoch chi ei bod hi'n gweddïo drosoch chi bob nos cyn iddi fynd i'r gwely?' meddai. 'Dwi wedi'i chlywed hi. Mae hi'n gweddïo dros ei thad a'i mam – lladdwyd y ddau wythnos ar ôl i'r rhyfel ddechrau. Un ffrwydrad, dyna'r oll sydd ei angen. Ac mae hi'n gweddïo dros ei brawd na welith hi fyth mohono eto – yn ddwy ar bymtheg oed, a does ganddo ddim bedd hyd yn oed. Mae fel pe bai o heb fodoli o gwbl, heblaw yn ein meddyliau ni. Ac yna, mae'n gweddïo drosta i ac yn erfyn i'r rhyfel fynd heibio'r fferm a gadael llonydd i ni – ac yn olaf, mae hi'n gweddïo drosoch chi'ch dau. Mae hi'n gweddïo am ddau beth: yn gyntaf, eich bod chi'n goroesi'r rhyfel a byw am flynyddoedd maith, ac yn ail, am gael bod yno efo chi. Prin tair ar ddeg ydi hi, fy Emilie; mae hi'n gorwedd yn ei hystafell, a dwn i ddim a fydd hi'n gweld y bore ai peidio. Mae'r doctor Almaenig o'r ysbyty'n dweud mai llid yr ysgyfaint sydd arni. Mae o'n ddoctor digon da er mai Almaenwr ydi o – mae o wedi gwneud ei orau, ond mae'r cyfan yn nwylo Duw rŵan, a hyd yn hyn tydi Duw ddim wedi gofalu'n rhy dda am y teulu yma. Os aiff hi, os bydd fy Emilie farw, yna bydd unig oleuni fy mywyd wedi'i ddiffodd.' Edrychodd arnom drwy hen lygaid crychiog a sychodd y dagrau oddi ar ei wyneb. 'Os ydach chi'n deall unrhyw beth dwi'n ei ddweud, yna gweddïwch drosti i ba bynnag Dduw y Ceffylau y byddwch yn gweddïo iddo. Gweddïwch, fel y mae Emilie wedi gweddïo drosoch chi.'

Roedd yna sielio di-baid gydol y nos, a chyn y wawr daeth y milwyr i'n nôl ni a'n harwain drwy'r eira at y drol. Doedd dim golwg o Emilie na'i thaid. Roedd yn rhaid i Talfryn a minnau ddefnyddio'n holl egni i dynnu'r drol wag drwy'r eira newydd y bore hwnnw. Roedd y flanced wen yn cuddio'r holl dyllau a phyllau yn y llwybr, felly bob yn ail gam bron roedd yn rhaid i ni wneud ymdrech i ryddhau'n hunain o'r eira dwfn a'r mwd gludiog a orweddai oddi tano. Fe gyrhaeddon ni'r rheng flaen o'r diwedd, ond i'r ddau filwr roedd y diolch am hynny – roedden nhw'n neidio allan o'r drol bob tro yr aem i drafferth, a throi olwynion y drol â llaw er mwyn i ni allu ailgydio yn y daith lafurus unwaith eto.

Roedd safle triniaeth y rheng flaen yn llawn dop o gleifion, a bu'n rhaid cludo llwyth trymach nag erioed o'r blaen, ond o leiaf roedd y daith yn ôl yn un i lawr allt yn bennaf. Yn sydyn cofiodd rhywun ei bod hi'n fore Nadolig, ac fe glywsom leisiau'n canu carolau swynol ar hyd y daith. Roedd y mwyafrif o'r milwyr hynny wedi'u dallu gan nwy, ac ambell un yn crio wrth alaru am golli'i olwg. Fe wnaethon ni nifer fawr o deithiau y diwrnod hwnnw, a dim ond rhoi'r gorau iddi pan na allai'r ysbyty dderbyn rhagor o gleifion.

Roedd hi'n noson serog erbyn i ni gyrraedd y fferm, a'r sielio wedi dod i ben. Doedd dim fflêrs i oleuo'r awyr ac i guddio'r sêr. Ni thaniodd yr un gwn yr holl ffordd ar hyd y lôn. Noson heddychlon, am unwaith. Roedd yr eira barrugog ar lawr y buarth yn crensian dan draed. Gwelsom olau'n dawnsio yn ein stabl a daeth taid Emilie allan i'r eira gan gymryd yr awenau o ddwylo'r milwyr.

'Mae hi'n noson hyfryd,' meddai wrth ein tywys i'r stabl. 'Mae hi'n noson hyfryd ac mae popeth yn iawn. Mae 'na stwnsh a gwair i chi yn fan'na – dwi wedi rhoi ychydig mwy nag arfer i chi heno, nid am ei bod hi'n oer ond am eich bod chi wedi gweddïo. Mae'n rhaid eich bod chi wedi rhoi gweddi fach i'ch Duw Ceffylau, oherwydd fe ddeffrodd Emilie amser cinio a chodi ar ei heistedd yn y gwely. Wyddoch beth oedd y peth cyntaf ddywedodd hi?

Wel, mi ddyweda i wrthoch chi. "Mae'n rhaid i mi godi," meddai hi, "i baratoi'r stwnsh cyn iddyn nhw ddod 'nôl adre. Mi fyddan nhw'n oer a blinedig." Yr unig ffordd y llwyddodd y doctor i'w chael hi i aros yn ei gwely oedd trwy addo y byddwn i'n gwneud clamp o swper i chi heno – bob noson arall hefyd tra bydd y tywydd rhewllyd yma'n para. Felly i mewn â chi, hogia annwyl, a bwytewch fel dau frenin. Rydan ni i gyd wedi cael anrheg Nadolig heddiw, yn tydan? Mae popeth yn iawn. Mae popeth yn iawn.'

PENNOD 11

Ac yn wir, yr *oedd* popeth yn iawn am gyfnod oherwydd, yn sydyn, roedd y rhyfel wedi symud oddi wrthym y gwanwyn hwnnw. Fe wyddem nad oedd y cwbl drosodd gan ein bod ni'n dal i glywed rhuo'r gynnau, ac roedd y milwyr yn dal i fartsio drwy'r buarth o dro i dro. Ond bellach roedd llawer llai o gleifion i'w cludo, ac felly roedd llai o alw arnon ni i dynnu'r drol ambiwlans yn ôl ac ymlaen o'r ffosydd. Câi Talfryn a minnau ein tywys i bori ar y ddôl ger y llyn bron bob dydd, ond roedd y nosweithiau'n dal yn oer a barrug dan draed ambell waith felly byddai Emilie wastad yn dod i'n nôl ni cyn iddi dywyllu. Doedd dim rhaid iddi hi ein harwain ni erbyn hyn; dim ond iddi alw ac fe fydden ni'n ei dilyn.

Roedd Emilie'n dal i fod yn wan ar ôl ei salwch, ac yn pesychu'n aml wrth ffysian o'n cwmpas ni yn y stabl. Ambell dro fe fyddai'n halio'i hun i fyny i eistedd ar fy nghefn ac fe fyddwn i'n cerdded yn ofalus o gwmpas y buarth a draw i'r ddôl efo Talfryn yn dynn wrth fy sodlau. Doedd Emilie ddim yn defnyddio awenau na chyfrwy arna i, na genfa na sbardunau chwaith, dim ond yn eistedd ar fy nghefn fel ffrind, yn hytrach nag fel meistres. Oherwydd bod Talfryn fymryn yn dalach a lletach na fi, byddai hi'n cael trafferth dringo ar ei gefn, a mwy o drafferth fyth wrth iddi ddod i lawr. Weithiau fe fyddai'n fy nefnyddio i fel camfa i gyrraedd cefn Talfryn, ond gêm beryglus iddi oedd hon, ac fe ddisgynnodd fwy nag unwaith wrth roi cynnig arni.

Ond doedd yna byth unrhyw genfigen rhwng Talfryn a minnau; roedd o'n ddigon bodlon ei fyd yn cerdded wrth f'ymyl pan ddôi Emilie i eistedd ar fy nghefn. Un noson, a ninnau ar y ddôl yn cysgodi rhag gwres haul yr haf o dan y gastanwydden fawr, clywsom sŵn gosgordd o lorïau'n llawn pobl yn dychwelyd o'r rheng flaen. Wrth iddynt ddod drwy giât y fferm a dechrau codi llaw a gweiddi arnon ni, roedden ni'n gwybod pwy oedden nhw – y cynorthwywyr, y meddygon a'r nyrsys o'r babell ysbyty. Ar ôl i'r holl lorïau ddod i stop ar y buarth dyma ni'n dau'n carlamu at y giât wrth y llyn i gael gweld yn well. Daeth Emilie a'i thaid allan o'r sied odro a siarad bymtheg y dwsin efo'r doctor. Y munud nesaf roedd yr holl filwyr a'r nyrsys roedden ni wedi dod i'w hadnabod yn cau amdanon ni. Fe ddringon nhw ar y ffens er mwyn gallu'n hanwesu a'n cyffwrdd yn siriol. Roedden nhw fel petaen nhw'n hapus a thrist ar yr un pryd. Rhedai Emilie aton ni gan weiddi a sgrechian.

'Mi wyddwn i y byddai hyn yn digwydd,' meddai hi. 'Mi wyddwn i. Dwi wedi bod yn gweddïo am hyn – ac o'r diwedd, mae o wedi digwydd. Does dim angen i chi dynnu'r troliau ddim mwy. Mae'r ysbyty'n cael ei symud ymhellach i fyny'r dyffryn. Mae 'na frwydr fawr, fawr yno ar hyn o bryd, felly maen nhw'n symud oddi yma. Ond tydyn nhw ddim isio mynd â chi efo nhw. Mae'r doctor clên wedi dweud wrth Taid y cewch chi'ch dau aros efo ni – yn dâl am gael defnyddio'r drol a'r bwyd gawson nhw, ac am ein bod ni wedi gofalu amdanoch chi drwy'r gaeaf.

Dywedodd y cewch chi aros yma a gweithio ar y fferm nes y bydd eich angen chi eto – a fydd mo'ch hangen chi byth. Ac os bydd eich angen chi, mi wna i eich cuddio! Wnawn ni byth adael iddyn nhw fynd â chi, na wnawn, Taid? Byth bythoedd.'

Ac felly, ar ôl y ffarwelio trist, i ffwrdd â'r lorïau gan adael dim ond cwmwl o lwch ar eu holau. Cawsom ninnau ein gadael mewn heddwch efo Emilie a'i thaid. Cyfnod braf oedd hwn – yn felys ond yn rhy fyr.

Ro'n i wrth fy modd cael bod yn geffyl fferm unwaith eto. Efo Talfryn wrth f'ymyl fe aethon ni ati i dorri a throi'r gwair y bore canlynol. Pan ddechreuodd Emilie gwyno wrth ei thaid ar ddiwedd y diwrnod hir cyntaf hwnnw yn y caeau, ein bod ni'n gorfod gweithio'n rhy galed, rhoddodd ei ddwylo ar ei hysgwyddau a dweud: 'Lol botes, Emilie. Maen nhw'n hoffi gweithio. Maen nhw angen gweithio. A beth bynnag, dyma'r unig ffordd y gallwn ni ddal i fyw, Emilie – yn union fel roedden ni'n ei wneud o'r blaen. Mae'r milwyr wedi mynd bellach, ac os gallwn ni smalio bod popeth yn iawn eto, falle bydd y rhyfel yn diflannu hefyd. Mae'n rhaid i ni fyw fel 'dan ni wedi byw erioed, yn torri'n gwair, yn hel ein hafalau, ac yn troi ein tir. Fedrwn ni ddim byw fel petai fory ddim yn bod. Mae'n rhaid i ni fwyta i gael byw, ac mae'r bwyd yn dod o'r tir, felly mae'n rhaid trin y tir i gael byw ac mae'n rhaid i'r ddau yma weithio efo ni. Does dim ots ganddyn nhw, maen nhw'n mwynhau gweithio. Edrych arnyn nhw, Emilie – ydyn nhw'n edrych yn ddigalon i ti?'

I Talfryn doedd y newid o dynnu trol ambiwlans i

dynnu peiriant troi gwair ddim yn anodd, ac fe addasodd yn hawdd. O'm rhan i, roedd hon yn freuddwyd ro'n i wedi'i breuddwydio sawl gwaith ers i mi orfod gadael y fferm ym Meirionnydd. Ro'n i'n gweithio unwaith eto efo pobl hapus a siriol o 'nghwmpas a'r rheiny'n gofalu amdanaf. Fe dynnodd Talfryn a minnau'r peiriant troi gwair gydag arddeliad y cynhaeaf hwnnw, gan dynnu'r drol wair drom at y tŷ gwair er mwyn i Emilie a'i thaid ddadlwytho wedyn. Roedd Emilie'n dal i'n gwylio'n gariadus – yn tendio pob crafiad a chlais ar unwaith a doedd ei thaid byth yn cael ein gweithio ni'n rhy hir, faint bynnag roedd hwnnw'n protestio. Ond doedd dim modd i mi fyw bywyd braf ceffyl fferm am amser hir yng nghanol rhyfel.

Roedd gwair yr haf bron i gyd wedi'i gasglu pan ddychwelodd y milwyr eto un fin nos. Yn ein stabl roedden ni pan glywsom sŵn carnau ac olwynion ar y cerrig wrth i resaid o geffylau drotian i mewn i'r buarth. Fesul chwech, roedd y ceffylau'n tynnu gynnau anferthol, trwm a safent yno'n chwythu a thuchan ar ôl yr ymdrech o'u tynnu. Roedd pob pâr o geffylau'n cael eu marchogaeth gan ddynion â wynebau a edrychai'n arw a chaled o dan eu capiau llwyd. Sylwais yn syth nad y rhain oedd y milwyr addfwyn fu'n ffarwelio â ni ychydig wythnos ynghynt. Roedd wynebau'r rhain yn ddieithr a llym, ac roedd fflach o fraw a phenderfyniad yn eu llygaid. Doedd yr un wên i'w gweld yn eu mysg – brîd gwahanol o ddynion oedd y rhain. Dim ond y milwr a yrrai wagen y ffrwydron ddaeth atom i'n hanwesu ac i siarad yn glên efo Emilie.

Wedi sgwrs sydyn efo taid Emilie, cododd y milwyr eu pebyll a gwersylla ar y ddôl y noson honno, gan adael i'w ceffylau dorri'u syched yn nŵr y llyn. Roedd Talfryn a minnau'n llawn cyffro wrth weld y ceffylau newydd, ac fe fuon ni wrthi am oriau efo'n pennau dros ddrws y stabl yn gweryru arnyn nhw, ond roedd y rhan fwyaf wedi blino gormod i ateb. Daeth Emilie draw atom y noson honno i ddweud hanes y milwyr, ac roedd yn amlwg ei bod hi'n poeni gan mai sibrwd popeth yn frysiog wnaeth hi.

'Tydi Taid ddim yn hapus eu bod nhw yma,' meddai hi. 'Tydi o ddim yn trystio'r swyddog 'na – mae'n dweud bod ganddo lygaid fel gwenynen feirch, a fedri di byth drystio gwenyn meirch. Ond mi fyddan nhw'n gadael yn y bore, ac wedyn mi fyddwn ni ar ein pennau'n hunain eto.'

Yn oriau mân y bore, wrth i dywyllwch y nos araf ddiflannu o'r awyr, daeth dyn dieithr i'n stabl ni. Gŵr tenau a gwelw mewn iwnifform llychlyd oedd o, a daeth i'n llygadu ni dros y drws. Roedd ei lygaid yn ymwthio o'i ben mewn gwg parhaus, a thrwy ei sbectol ffrâm wifren roedd o'n craffu arnon ni, gan nodio'i ben wrth wneud. Safodd yna am ychydig funudau, cyn troi ar ei sawdl a cherdded i ffwrdd.

Yng ngoleuni'r bore cynnar roedd aelodau'r sgwadron fagnelau wedi ymgasglu yn y buarth yn barod i fynd, a chlywsom sŵn curo mawr ar ddrws y ffermdy. Daeth Emilie a'i thaid i'r golwg, yn dal yn eu dillad nos. 'Eich ceffylau, Monsieur,' meddai'r gŵr â'r sbectol yn ddi-flewyn-ar-dafod. 'Mi fydda i'n mynd â'ch ceffylau chi gyda ni. Rydw i'n brin o ddau geffyl ar gyfer un tîm. Maen nhw'n amlwg yn anifeiliaid braf a chryf ac fe ddysgant yn gyflym. Fe fyddwn ni'n mynd â nhw efo ni.'

'Ond sut alla i wneud y gwaith fferm heb geffylau?' holodd taid Emilie. 'Ceffylau fferm ydi'r rhain – fedran nhw ddim tynnu gynnau trwm.'

'Syr,' atebodd y swyddog, 'rydyn ni yng nghanol rhyfel ac mae'n rhaid i mi gael ceffylau i dynnu'r gynnau. Mae'n rhaid i mi fynd â nhw. Eich busnes chi ydi gwaith y fferm, ond mae'n rhaid i mi gael y ceffylau. Mae'r fyddin eu hangen.'

'Ond fedrwch chi ddim!' llefodd Emilie. 'Fy ngheffylau i ydyn nhw. Fedrwch chi ddim mynd â nhw. Peidiwch â gadael iddyn nhw, Taid. Plîs peidiwch â gadael iddyn nhw fynd â 'ngheffylau i!'

Cododd yr hen ŵr ei ysgwyddau'n drist. 'Fy mhlentyn annwyl i,' meddai'r dawel, 'beth fedra i wneud? Sut fedra i eu rhwystro nhw? Wyt ti'n meddwl y dylwn i eu torri'n ddarnau efo fy mhladur? Neu fy mwyell? Na, fy mlodyn gwyn i. Roedden ni'n dau yn gwybod y byddai hyn yn digwydd rhyw ddydd, yn toedden ni? Rydan ni wedi siarad am y peth sawl tro, yn do? Roedden ni'n gwybod y byddai'n rhaid iddyn nhw fynd rhyw ddiwrnod. Rŵan, paid â chrio o flaen y dynion 'ma. Bydd raid i ti fod yn falch ac yn gryf, yn union fel dy frawd, felly paid ag edrych yn wan o'u blaenau. Dos i ffarwelio â'r ceffylau, Emilie, a bydd yn ddewr.'

Aeth Emilie fach â ni i gefn y stabl a gosod penffrwynau arnon ni gan dwtio'n myngau'n ofalus rhag iddyn nhw glymu yn y rhaff. Yna fe safodd ar flaenau'i thraed a rhoi ei breichiau amdanom, gan bwyso'i phen arnom fesul un a chrio'n dawel. 'Dewch yn ôl,' meddai. 'Plîs dewch yn ôl. Fydd bywyd ddim gwerth ei fyw os na ddewch chi'n ôl.' Yna sychodd ei dagrau a gwthio'i gwallt o'i hwyneb cyn agor drws y stabl a'n tywys ni i'r buarth. Cerddodd yn syth at y swyddog a rhoi'r awenau yn ei ddwylo. 'Rydw i isio nhw'n ôl,' meddai mewn llais cryf, bron yn ffyrnig. 'Dim ond rhoi eu benthyg nhw i chi ydw i. Fy ngheffylau i ydyn nhw. Yn fan'ma mae'u lle nhw. Bwydwch nhw'n dda a gwnewch yn siŵr eich bod chi'n dod â nhw'n ôl.' Ac fe gerddodd heibio'i thaid yn syth i'r tŷ heb droi unwaith i edrych yn ôl.

Wrth i ni adael y fferm, gan gael ein llusgo'n anfodlon y tu ôl i'r wagen cario ffrwydron, cefais gip sydyn o daid Emilie'n sefyll yn dawel ar y buarth. Roedd o'n gwenu ac yn codi'i law drwy'r dagrau a lifai i lawr ei ruddiau. Yna teimlais blwc poenus ar y rhaff o gwmpas fy ngwddw yn fy 'nghorfodi i drotian, a chofiais am y tro arall hwnnw pan gefais fy nghlymu wrth drol a'm llusgo i ffwrdd yn erbyn f'ewyllys. Ond o leiaf roedd Talfryn wrth fy ochr y tro hwn.

PENNOD 12

Efallai mai'r misoedd hapus braf hynny a gawsom ar y fferm efo Emilie a'i thaid a wnaeth i'r hyn a'u dilynodd deimlo mor galed i Talfryn a minnau; neu efallai mai oherwydd fod y rhyfel yn gwaethygu bob diwrnod oedd yn gyfrifol am wneud y cyfan yn brofiad mor llym a chwerw i ni'n dau. Mewn mannau, roedd y magnelau mawr o fewn ychydig lathenni i'w gilydd ac roedd rhesi ar resi ohonyn nhw am filltiroedd bwygilydd. Wrth iddynt danio'n ffyrnig, teimlem y ddaear i gyd yn crynu dan ein traed. Roedd y rhesi o gleifion yn ddiderfyn erbyn hyn, a'r tirlun yn un chwalfa fawr am filltiroedd lawer y tu hwnt i'r ffosydd.

Doedd y gwaith ei hun yn ddim caletach na thynnu trol yr ambiwlans, ond bellach doedden ni ddim yn cael ein rhoi mewn stabl cynnes bob nos, na chwaith yn derbyn gofal a chariad ein Emilie fach. Nid atgof oedd y rhyfel erbyn hyn. Roedden ni'n ôl yng nghanol synau dychrynllyd a drewdod y frwydr, yn llusgo'n magnel drwy'r llaid ac yn cael ein gyrru a'n chwipio ymlaen gan ddynion nad oedd yn dangos unrhyw ofal amdanom na diddordeb ynon ni cyn belled â'n bod yn mynd â'r magnelau i'r mannau iawn. Nid eu bod nhw'n ddynion creulon, ond roedden nhw fel petaent yn cael eu gyrru gan ofn, a doedd dim lle yn eu calonnau nac amser i ddangos unrhyw garedigrwydd tuag at ei gilydd na tuag aton ninnau chwaith.

Roedd bwyd yn brin erbyn hyn. A'r gaeaf ar gerdded, dim ond ambell dro y byddem yn cael ein dogn o ŷd i'w fwyta, ac ychydig iawn o wair oedd ar gyfer pob un ohonon ni. Fesul un roedden ni i gyd yn colli pwysau a'n cyflwr yn dirywio. I wneud pethau'n waeth roedd y brwydrau fel petaent yn fwyfwy ffyrnig ac yn para'n hirach, ac felly bydden ni'n gweithio oriau maith yn tynnu'r magnel; teimlem yn glwyfus ac yn oer drwy'r adeg. Erbyn fin nos roedd haenen o laid gwlyb ar ein cefnau a honno'n ein hoeri hyd at fêr ein hesgyrn.

Casgliad o chwe cheffyl go amrywiol oedd ein gwedd ni. O'r pedwar ceffyl y cawson ni ein rhoi efo nhw, dim ond un oedd yn ddigon tal a chryf i dynnu fel y dylai ceffyl magnel ei wneud – clamp o geffyl o'r enw Heini oedd hwnnw. Doedd y rhyfel ddim fel petai'n cael unrhyw effaith ar Heini. Roedd gweddill y wedd yn ceisio'i efelychu, ond dim ond Talfryn a minnau oedd yn llwyddo i wneud hynny. Talfryn a Heini oedd y ddau geffyl blaen, ac ro'n innau y tu ôl i Talfryn, wrth ochr hen geffyl tenau a main o'r enw Coco. Roedd ei wyneb yn glytwaith o smotiau gwyn a chwarddai'r milwyr ar ei ben yn aml wrth fynd heibio. Ond doedd dim byd yn ddoniol ynglŷn â Coco – ganddo ef roedd y dymer fwyaf milain i mi ddod ar ei thraws erioed. Pan fyddai Coco'n bwyta, doedd wiw i'r un dyn na cheffyl fynd o fewn cyrraedd brathiad neu gic iddo.

Y tu ôl i'r ddau ohonon ni wedyn safai dwy ferlen lwyd-ddu yr un ffunud â'i gilydd, efo myngau a chynffonnau lliw golau. Fedrai neb wahaniaethu rhyngddynt, felly y 'ddwy Haflinger aur' fyddai'n milwyr yn eu galw nhw. Gan

eu bod nhw mor ddel a chyfeillgar, caent lawer o sylw, a
hyd yn oed ychydig o anwyldeb gan filwyr y gynnau.
Mae'n siŵr eu bod nhw'n olygfa ryfeddol ond calonogol i'r
milwyr wrth i ni drotian drwy adfeilion y pentrefi i'r
rheng flaen. Doedd dim dwywaith eu bod nhw'n
gweithio'r un mor galed â'r gweddill ohonon ni, ac er
lleied eu maint, roedden nhw'n ymdrechu'n galed. Ond
wrth hanner-carlamu roedden nhw fel brêc arnom, yn ein
harafu ac yn difetha rhythm y wedd.

Yn rhyfedd iawn, Heini, y cawr o geffyl, oedd y cyntaf i
edrych fel petai'n gwanio. Roedd y mwd oer, dwfn a'r
diffyg porthiant drwy'r gaeaf caled wedi dechrau dweud
arno, gan achosi i'w gorff enfawr grebachu nes ei fod, o
fewn ychydig fisoedd, yn ddim ond creadur tenau a
thruenus yr olwg. Ro'n i wrth fy modd, rhaid i mi
gyfaddef, pan gefais fy symud i fod yn geffyl blaen ochr yn
ochr â Talfryn, a Heini druan yn gorfod ymuno â Coco,
oedd hefyd yn rhygnu mynd o un diwrnod i'r llall.
Dirywiodd y ddau mor gyflym fel na allent dynnu heblaw
ar dir gwastad a chaled, ac roedd tir felly mor brin nes bod
eu cael nhw yn y wedd yn fwy o drafferth nag o werth gan
fod yn rhaid i'r gweddill ohonom weithio'n galetach.

Caem ein clymu bob nos a gorfod sefyll hyd at ein
garrau mewn mwd, dan amodau llawer gwaeth na'r gaeaf
cyntaf hwnnw pan oedd Talfryn a minnau gyda sgwadron
y gwŷr meirch. Yr adeg honno roedd gan bob ceffyl filwr
yn gofalu amdano, ond effeithlonrwydd y gynnau oedd y
peth pwysicaf erbyn hyn, a ninnau'n dod yn ail sâl. I'r
milwyr doedden ni'n ddim mwy na cheffylau gwaith, ac

felly'n union roedden ni'n cael ein trin. Roedd wynebau milwyr y gynnau eu hunain i gyd yn flinedig a llwyd a golwg ar lwgu arnynt. Goroesi'r rhyfel oedd yr unig beth ar eu meddyliau erbyn hyn. Dim ond yr hen ŵr a fu'n glên efo Emilie ar y fferm oedd â'r amser i aros efo ni. Byddai hwnnw'n ein bwydo â darnau caled o fara du o dro i dro, a threuliai lawer mwy o amser efo ni nag efo'i gyd-filwyr. Yn wir, roedd fel petai o'n eu hysgoi nhw. Stwcyn o ddyn bach blêr oedd o; byddai byth a hefyd yn pwffian chwerthin ac yn siarad efo fo'i hun yn fwy nag efo neb arall.

Roedd effaith bod allan yn yr elfennau didostur, y diffyg bwyd a'r gwaith caled wedi gadael ei ôl arnon ni i gyd erbyn hyn. Doedd dim blew yn tyfu ar waelodion ein coesau ni bellach, a'r croen yno'n friwiau byw. Roedd hyd yn oed y ddwy Haflinger fach wydn yn dirywio. I mi, fel pob ceffyl arall yno, roedd pob cam yn artaith, yn enwedig yn fy nghoesau blaen a oedd yn ddolurus o'r pennau gliniau i lawr, ac roedd pob ceffyl ym mhob gwedd yn hercian. Roedd y milfeddygon yn gwneud eu gorau glas drosom, ac erbyn hyn roedd hyd yn oed y milwyr mwyaf calon-galed yn amlwg yn poeni wrth i'n cyflwr waethygu, ond doedd dim y gallai neb ei wneud heb i'r mwd ddiflannu.

Ysgydwai'r milfeddygon eu pennau mewn anobaith. Aethant â chymaint o geffylau â phosib oddi yno iddynt gael gorffwys a cheisio mendio tipyn, ond roedd rhai wedi dirywio gymaint fel mai cael eu tywys i'r naill ochr a'u saethu oedd eu tynged ar ôl archwiliad y milfeddyg. Dyna ddigwyddodd i Heini – aeth at y milfeddyg un bore, ac yn nes ymlaen aethon ni heibio i'r man lle gorweddai'n farw gelain yn y mwd, yn un chwalfa o geffyl. Dyma fu hanes Coco hefyd yn y diwedd – cael ei saethu ar ochr y ffordd ar ôl cael ei daro gan un o'r fflawiau haearn. Er nad o'n i'n hoff o Coco – yr hen greadur piwis – roedd gweld ceffyl a weithiodd wrth fy ochr am fisoedd ar fisoedd yn gorwedd yn angof mewn ffos yn olygfa ddigalon ac erchyll.

Arhosodd y ddwy Haflinger efo ni drwy gydol y gaeaf, gan ymlafnio â'u cefnau cryfion i dynnu â'u holl nerth. Roedd y ddwy'n garedig ac yn annwyl, heb 'run iotyn o gasineb yn eu crwyn dewr, a daeth Talfryn a minnau'n hoff iawn ohonyn nhw. Yn eu tro, byddai'r ddwy'n troi aton ni am gymorth a chyfeillgarwch, a ninnau'n ymateb yn llawen.

Y tro cyntaf i mi sylwi bod Talfryn yn gwanio oedd y noson pan deimlais bwysau'r gwn yn fwy o faich nag arfer. Ceisio croesi ffos fechan oedden ni pan aeth olwynion y gwn yn sownd yn y mwd. Fe drois yn sydyn a sylwi bod camau Talfryn yn fychan a llafurus. Gwelais y boen yn ei lygaid, a thynnais innau'n galetach fyth i'w helpu.

Y noson honno gyda'r glaw yn arllwys yn ddi-baid ar ein cefnau, sefais yn gysgod uwchben Talfryn wrth iddo orwedd yn y mwd. Doedd o ddim yn gorwedd ar ei fol fel yr arferai i wneud, ond yn hytrach ar ei ochr, gan godi'i ben bob hyn a hyn wrth i byliau o beswch gydio ynddo. Fe besychodd bron drwy'r nos, a dim ond cysgu'n ysbeidiol. Ro'n i'n poeni'n arw amdano, ac yn gwthio fy mhen yn ei erbyn a'i lyfu er mwyn ceisio'i gadw'n gynnes a'i atgoffa nad oedd ar ei ben ei hun yn ei boen. Yr unig gysur i mi oedd cofio nad o'n i erioed wedi gweld ceffyl â mwy o stamina na Talfryn, ac ro'n i'n sicr y byddai'n dod o hyd i gronfa o gryfder yn rhywle.

Ac yn wir, roedd Talfryn ar ei draed y bore wedyn cyn i'r milwyr ddod â'n dogn o ŷd, ac er bod ei ben yn is nag arfer a'i gerddediad yn drwm, fe welwn i y byddai'n goroesi – dim ond iddo gael digon o orffwys.

Pan ddaeth y milfeddyg y prynhawn hwnnw, edrychodd yn hir ac yn ofalus ar Talfryn ac yna gwrando ar guriad ei galon. 'Mae hwn yn geffyl cryf,' meddai'r milfeddyg wrth y swyddog â'r sbectol – y dyn nad oedd yr un dyn na cheffyl yn ei hoffi. 'Mae 'na ôl bridio da ar hwn, rhy dda o bosib, Herr Uwchgapten. Mae'n bosib mai dyna ydi'i wendid pennaf – mae'n geffyl rhy goeth i dynnu gwn. Mi fyddwn i'n ei dynnu o'r wedd; ond does gynnoch chi'r un ceffyl i gymryd ei le, yn nag oes? Mi aiff yn ei flaen, am wn i, ond peidiwch â'i weithio'n rhy galed, Herr Uwchgapten. Ewch â'r wedd mor araf â phosib. Fel arall, fydd dim gwedd i'w gael – a heb eich gwedd, fydd y gwn yn fawr o werth i chi, na fydd?'

'Mi fydd yn rhaid iddo wneud yn union fel y lleill, Herr Doctor,' meddai'r Uwchgapten mewn llais fel dur. 'Dim mwy a dim llai. Fedra i ddim trin yr un ohonyn nhw'n wahanol. Os ydach chi'n dweud ei fod o'n ddigon abl, yna dyna'i diwedd hi.'

'Mae o'n ddigon abl i gario 'mlaen,' meddai'r milfeddyg yn anfoddog, 'ond dwi'n eich rhybuddio chi, Herr Uwchgapten – byddwch yn ofalus.'

'Fe wnawn ni beth allwn ni,' meddai'r Uwchgapten yn gwta. Ac i fod yn deg, fe wnaethon nhw eu gorau. Y mwd oedd yn ein lladd ni fesul un – hwnnw a'r diffyg cysgod a'r diffyg bwyd.

PENNOD 13

Felly roedd Talfryn yn dal efo ni yn y gwanwyn, yn wantan ar ôl ei salwch ac yn dal i besychu'n drwm, ond roedd o wedi goroesi. Roedd y ddau ohonom wedi goroesi. Roedd y tir yn caledu, a'r gwair yn tyfu yn y caeau unwaith eto; o dipyn i beth fe ddechreuon ni besgi a daeth sglein ar ein cotiau. Roedd yr haul yn tywynnu ar y milwyr hefyd, a'u hiwnifforms llwyd a choch yn lanach nag o'r blaen. Roedden nhw'n eillio'n amlach, a'u sgwrs yn llawn bwrlwm, fel ym mhob gwanwyn, yn llawn sôn am ddiwedd y rhyfel, sut y gallai'r cyrch nesaf ddod â'r cyfan i ben, ac am gael mynd adref at eu teuluoedd. Roedden nhw gymaint yn hapusach, ac yn sgil hynny yn ein trin ninnau gymaint yn well hefyd. Wrth i'r tywydd wella roedd mwy o fwyd i'w fwyta, a milwyr ein gwedd ni wrth eu gwaith yn benderfynol ac yn llawn brwdfrydedd. Diflannodd y briwiau poenus oddi ar ein coesau, ac roedd ein boliau ni'n llawn bob dydd wrth i ni fwyta gymaint o wair ag y gallem, yn ogystal â gwledda ar y dogn hael o geirch.

Roedd y ddwy Haflinger yn hwffian a phwffian y tu ôl i ni ac yn codi cywilydd ar Talfryn a minnau wrth ein gorfodi i fynd ar drot – rhywbeth nad oedden ni wedi llwyddo i'w wneud drwy'r gaeaf, waeth pa mor galed fyddai'r marchogion yn ein chwipio. A ninnau wedi adennill ein hiechyd unwaith eto, a sŵn caneuon a chwibanu gobeithiol y milwyr yn llenwi'n clustiau, roedd pawb wedi bywiogi a llonni o'r newydd wrth rolio'n gynnau i'w safleoedd.

Ond doedd dim rhaid i ni frwydro yr haf hwnnw. O dro i dro, fe fyddai 'na saethu neu sielio ond roedd y ddwy fyddin fel petaen nhw'n sgyrnygu ar ei gilydd, ac yn amharod i frathu. Ymhellach i ffwrdd roedd holl gynddaredd cyrch y gwanwyn i'w glywed ar hyd y rhengoedd blaen, ond gan nad oedd angen i ni symud ein gwn fe gawsom haf gweddol dawel y tu ôl i'r rhengoedd. Rhwng bod yn segur cyhyd, a'r diflastod hyd yn oed, wrth i ni wledda yn y dyffrynnoedd ffrwythlon, roedd y ddau ohonon ni wedi ennill pwysau am y tro cyntaf ers i ni ddod i'r rhyfel. Mae'n ddigon posib mai am ein bod ni mor dew y cafodd Talfryn a minnau ein dewis i dynnu trol ffrwydron o'r rheilffordd rai milltiroedd i ffwrdd draw at y rhengoedd saethu eraill. Dyna sut y daethom o dan ofal yr hen filwr a fu'n glên wrthon ni drwy gydol y gaeaf.

''Rhen Friedrich gwallgo' oedd enw pawb arno, a hynny am ei fod yn siarad â fo'i hun dan ei wynt byth a beunydd; hyd yn oed pan nad oedd o'n siarad fe fyddai'n chwerthin yn braf ar ben ryw jôc na fyddai byth yn ei rhannu efo neb arall. 'Rhen Friedrich gwallgo fyddai'n cael ei hel i wneud y tasgau nad oedd neb arall yn fodlon eu gwneud, gan ei fod wastad yn barod ei gymwynas ac roedd pawb yn manteisio ar hynny.

Hen waith caled oedd tynnu'r drol ffrwydron yn y gwres a'r llwch, ac roedd ein boliau'n prysur ddiflannu wrth i ni ddechrau defnyddio'n holl egni unwaith eto.

Roedd y drol wastad yn rhy drwm i ni ei thynnu gan fod milwyr yr orsaf yn mynnu ei gor-lwytho â sieliau, er gwaethaf protestiadau Friedrich. Doedd y milwyr yn gwneud dim ond chwerthin am ei ben, a'i anwybyddu wrth bentyrru mwy a mwy o sieliau trwm ar y drol. Byddai'n taith i'r rhengoedd saethu wastad i fyny'r bryniau, a byddai Friedrich yn ein tywys yn araf gan wybod pa mor drwm oedd y drol. Bydden ni'n stopio'n aml i ni gael gorffwys a diod o ddŵr oer, ac fe fyddai'n gwneud yn siŵr ein bod ni'n cael mwy o fwyd na'r ceffylau eraill oedd yn segur drwy'r haf.

Fe ddaethon ni i edrych ymlaen at bob bore, pan ddeuai Friedrich i'n nôl ni o'r cae, gosod ein harnais a'n harwain ni'n bell oddi wrth sŵn a stŵr y gwersyll. Yn fuan iawn fe ddaethon ni i ddeall nad oedd Friedrich yn wallgo o gwbl, ond yn hytrach yn ddyn caredig ac annwyl, a bod ymladd mewn rhyfel yn gwbl groes i'w natur. Ar ein ffordd i'r orsaf cyfaddefodd i ni gymaint o hiraeth oedd ganddo am ei hen siop gigydd yn Schleiden ac mai'r rheswm pam ei fod yn siarad ag ef ei hun oedd mai dim ond y fo oedd yn ei ddeall ei hun, ac yn fodlon gwrando ar beth oedd ganddo i'w ddweud. Roedd yn chwerthin wrtho'i hun oherwydd mai'r dewis arall oedd crio.

'Wir i chi, ffrindia,' meddai un diwrnod. 'Fi ydi'r unig ddyn call yn y sgwadron. Pawb arall sy'n wallgo, ond tydyn nhw ddim yn sylweddoli hynny. Maen nhw'n ymladd mewn rhyfel heb unrhyw syniad pam eu bod yn gwneud hynny. Mae hynny'n hurt bost, tydi? Sut gall un dyn ladd dyn arall heb wybod y rheswm dros wneud hynny, heblaw fod y dyn arall yn gwisgo iwnifform o liw gwahanol ac yn siarad iaith wahanol? Ac maen nhw'n dweud mod i'n wallgo! Chi'ch dau ydi'r unig ddau greadur call i mi ddod ar eu traws yn yr holl ryfel dywyll 'ma; fel finnau, yr unig reswm pam dach chi'ch dau yma ydi eu bod nhw wedi dod â chi yma. Taswn i'n ddigon dewr – a tydw i ddim – mi faswn i'n ei heglu hi i lawr y lôn a byth yn troi'n ôl. Ond wedyn basen nhw'n fy nal ac yn fy saethu i'n gelain, ac mi fasa'r cywilydd fel cwmwl uwchben fy ngwraig, fy mhlant a'm rhieni am byth. Dwi'n berffaith fodlon bod yn 'rhen Friedrich gwallgo drwy'r rhyfel er mwyn i mi gael mynd adre i Schleiden a chael fy ngalw'n Friedrich y Cigydd unwaith eto gan bawb oedd yn fy nabod ac yn fy mharchu cyn i'r llanast 'ma ddechrau.'

Wrth i'r wythnosau fynd rhagddynt, daeth yn amlwg fod Friedrich wedi cymryd at Talfryn yn arw. Gan wybod fod Talfryn wedi bod yn sâl, fe fyddai'n cymryd gofal mawr ohono ac yn treulio rhagor o amser efo fo, gan drin y briw lleiaf cyn iddo waethygu a gwneud bywyd Talfryn yn ddiflas. Roedd yn garedig efo fi hefyd, ond heb yr un anwyldeb, rhywsut. Weithiau fe'i gwelwn yn sefyll yn ôl yn edmygu Talfryn, ei lygaid yn pefrio â chariad. Roedd fel petai rhyw empathi rhwng y ddau, fel hwnnw oedd rhwng un hen filwr ac un arall.

Yn araf, trodd yr haf yn hydref, a daeth yn amlwg fod ein hamser gyda Friedrich yn dod i ben. Roedd Friedrich mor hoff o Talfryn nes ei fod wedi gofyn am ganiatâd i'w farchogaeth yn ystod ymarferion rhyfel y gweddoedd saethu yr hydref hwnnw. Er mai chwerthin wnaeth milwyr y gynnau i ddechrau, y gwir oedd eu bod nhw'n brin o farchogion o safon – ac ni allai neb wadu ei fod yn farchog tebol – felly dyna lle roedden ni unwaith eto, yn ddau geffyl blaen efo Friedrich yn marchogaeth Talfryn. O'r diwedd roedden ni wedi dod o hyd i gyfaill oes y gallem ymddiried yn llwyr ynddo.

'Os mai marw yn fan'ma ymhell oddi cartre fydd fy hanes i,' sibrydodd Friedrich wrth Talfryn un diwrnod, 'mi fyddai'n well gen i farw wrth d'ymyl di. Ond fe wna i fy ngorau glas i'n cael ni drwy hyn a 'nôl adre – dwi'n addo hynny i ti.'

PENNOD 14

Roedd Friedrich, felly, yn gwmni i ni y dydd hwnnw o hydref wrth i ni fynd i ryfel unwaith eto. Ganol dydd roedd ein criw ni'n gorweddian o dan gysgod coed castanwydden ar ddwy lan afon arian fyrlymus, a honno'n llawn dynion yn chwerthin a chwarae. Wrth i ni gerdded rhwng y coed a'r milwyr, a'r gynnau mawr wedi cael eu dadfachu, mi welwn fod yr holl goedwig yn llawn o filwyr yn ymlacio, eu helmedau a'u gynnau wrth eu hochrau. Roedd rhai â'u cefnau yn erbyn y coed yn mwynhau mygyn, ac eraill yn cysgu'n sownd.

Cyn bo hir daeth criw o ddynion draw i ddechrau mwytho'r ddwy Haflinger, ond aeth un milwr ifanc ar ei union at Talfryn a sefyll yn stond yn ei wylio a'i wyneb yn llawn edmygedd.

'Wel, dyna i chdi geffyl,' meddai wrth ei ffrind. 'Tyrd i gael golwg arno fo, Karl. Welaist ti erioed anifail cystal? Mae ganddo ben Arab – ac mae 'na gyflymder ceffyl pedigri Seisnig yn ei goesau a chryfder Hanoverian yn ei gefn a'i wddw. Mae'r gorau o bopeth gan hwn,' meddai wrth godi'i law a rhwbio trwyn Talfryn yn ysgafn.

'Wyt ti'n meddwl am unrhyw beth heblaw am geffylau, Rudi?' holodd ei ffrind, gan gadw hyd braich oddi wrthym. 'Dwi'n dy nabod di ers tair blynedd bellach a does 'run diwrnod yn mynd heibio heb i ti fwydro am y bali creaduriaid. Dwi'n gwybod dy fod ti wedi dy fagu ar fferm, ond fedra i dal ddim deall be wyt ti'n weld ynddyn nhw.

Hyd y gwela i, tydyn nhw'n ddim ond pedair coes, pen a chynffon, a'r cwbl yn cael ei reoli gan ymennydd pitw bach sy'n methu meddwl am ddim y tu hwnt i fwyd a diod.'

'Sut alli di ddweud hynna?' ebychodd Rudi. 'Edrycha arno fo, Karl. Fedri di ddim gweld mor arbennig ydi o? Nid unrhyw hen geffyl ydi hwn – mae 'na ryw foneddigrwydd yn ei lygaid, a thawelwch brenhinol bron yn perthyn iddo. I mi, mae o'n personoli'r hyn mae dyn yn trio bod, ond yn methu. Wir i ti, gyfaill, mae 'na ryw dduwdod mewn ceffyl, ac yn enwedig mewn ceffyl fel hwn. Roedd Duw wedi taro'r hoelen ar ei phen y diwrnod y creodd geffylau. Ac mae dod ar draws ceffyl fel hwn yng nghanol y rhyfel ffiaidd yma, fel dod o hyd i löyn byw ar domen gachu. Tydan ni ddim yn perthyn i'r un bydysawd â chreadur fel hwn.'

Ro'n i wedi bod yn meddwl bod y milwyr yn edrych yn iau wrth i'r rhyfel lusgo yn ei flaen, a doedd Rudi ddim yn eithriad. Roedd ei wallt yn llaith ar ôl iddo dynnu'i helmed, ac edrychai tua'r un oed ag Albert fel y cofiwn i o. Fel cynifer o'r milwyr a welwn y dyddiau hyn, heb ei helmed roedd o'n edrych fel plentyn mewn gwisg milwr.

Pan arweiniodd Friedrich ni at yr afon i yfed, daeth Rudi a'i ffrind gyda ni. Gostyngodd Talfryn ei ben i'r dŵr wrth f'ymyl ac yna'i ysgwyd fel cloch, fel y gwnâi bob tro, gan wlychu fy mhen a'm gwddw nes mod i'n oer braf. Yfodd nes torri'i syched ac yna fe safodd y ddau ohonom ysgwydd yn ysgwydd ar lan yr afon yn gwylio'r milwyr yn mwynhau'u hunain yn y dŵr. Roedd y bryn y tu ôl i'r goedwig yn serth a thyllog felly doedd dim syndod bod Talfryn yn baglu bob hyn a hyn wrth i ni gerdded – fuodd o erioed mor sicr ei gam â fi – ond roedd o'n sadio'i hun bob tro ac yn ailgychwyn wrth fy ochr i fyny'r bryn. Yna, mi sylwais ei fod yn symud braidd yn flinedig a swrth ac yn sydyn dechreuodd anadlu'n swnllyd a chyflym. Yna, wrth i ni gyrraedd cysgod y coed, suddodd Talfryn i'w bennau gliniau, a chododd o ddim eto. Arhosais am eiliad i roi cyfle iddo godi ond wnaeth o ddim. Roedd yn gorwedd yno gan anadlu'n drwm. Fe gododd ei ben unwaith a dal fy llygaid. Roedd o'n gofyn am help – gallwn weld hynny yn ei lygaid. Yna fe ddisgynnodd ar ei wyneb, troi ar ei ochr a gorwedd mor llonydd â delw. Roedd ei dafod yn hongian o'i geg a'i lygaid yn syllu arnaf ond ddim yn fy ngweld. Gwyrais fy mhen i roi mwythau iddo, a gwthio fy nhrwyn i'w wddw gan drio fy ngorau glas i'w symud, i'w ddeffro; ond mi wyddwn ym mhwll fy nghalon ei fod wedi marw. Mi wyddwn fy mod wedi colli fy ffrind gorau yn yr holl fyd. Disgynnodd Friedrich i'w liniau a phwyso'i glust yn erbyn bron Talfryn ac edrych i fyny ar y criw o ddynion oedd wedi casglu o'n cwmpas. Ysgydwodd ei ben yn araf wrth eistedd yn ôl. 'Mae o wedi marw,' meddai Friedrich yn dawel, gan ychwanegu mewn llais blin, 'Y nefoedd fawr! Mae o wedi marw!' Roedd ei wyneb yn sigo dan dristwch. 'Pam?' meddai. 'Pam fod yn rhaid i'r rhyfel ladd popeth ac unrhyw beth sy'n goeth a phrydferth?' Cuddiodd ei lygaid â'i ddwylo wrth i Rudi fynd ato a'i godi'n dyner i'w draed.

'Does 'na ddim byd fedrwch chi'i wneud, 'rhen ddyn,'

ochneidiodd Rudi. 'Mae o mewn lle gwell. Dewch rŵan.' Ond doedd dim symud ar Friedrich. Mi drois i at Talfryn unwaith eto, gan ddal i'w fwytho a'i lyfu. Er fod mod i erbyn hyn wedi dod i adnabod a deall terfynoldeb marwolaeth, yn fy ngalar ro'n i'n awyddus i aros yno i'w gysuro.

Daeth y milfeddyg ein criw ni ar wib i lawr y bryn, a'r holl swyddogion a'r milwyr yn ei ddilyn. Wedi iddo gael golwg arno, cyhoeddodd fod Talfryn wedi marw. 'Ro'n i wedi amau. Mi ddywedais i, yn do,' meddai'n dawel, bron wrtho'i hun. 'Fedran nhw mo'i wneud o. Dwi'n gweld hyn yn digwydd byth a hefyd. Gormod o waith caled, dim digon o fwyd, a byw allan drwy'r gaeaf. Dim ond hyn a hyn mae'r ceffylau hyn yn gallu'i ddioddef. Ei galon sydd wedi methu. Mae'n fy ngwylltio i bob tro mae hyn yn digwydd. Ddylen ni ddim trin ceffylau fel hyn – mae'n peiriannau ni'n cael mwy o barch!'

'Roedd o'n ffrind i mi,' sibrydodd Friedrich, gan wyro yn ei gwrcwd a thynnu'r penffrwyn oddi ar ben Talfryn. Safai'r milwyr o'n cwmpas ni, yn hollol dawel am funud, yn llawn parch a thristwch – roedd nifer o'r milwyr yn ei adnabod ers amser hir, ac yntau wedi dod yn rhan o'u bywydau.

Wrth i ni sefyll mewn distawrwydd ar ochr y bryn, clywais chwiban gyntaf sièl yn hedfan uwch ein pennau a gwelais y ffrwydrad cyntaf wrth i'r sièl lanio yn nŵr yr afon. Yn sydyn roedd y goedwig yn fwrlwm o weiddi, milwyr yn rhuthro a sieliau'n disgyn o'n cwmpas ym mhobman. Rhedai'r dynion yn hanner noeth ac yn sgrechian o'r afon i gysgod y coed, a'r sieliau fel petaen nhw'n eu dilyn. Cwympodd rhai o'r coed enfawr i'r ddaear a rhuthrodd ceffylau a dynion allan o'r goedwig o gyfeiriad ael y bryn uwch ein pennau.

Fy ngreddf gyntaf oedd rhedeg – rhedeg cyn belled ag y medrwn i osgoi'r sielio; ond roedd Talfryn yn gorff wrth fy nhraed a do'n i ddim am ei adael. Gafaelodd Friedrich yn fy awenau a cheisio'i orau glas i'm llusgo i le diogel dros ysgwydd y bryn, gan sgrechian a gweiddi arnaf i symud os o'n i am fyw. Ond does yr un dyn a all symud ceffyl yn erbyn ei ewyllys, a do'n i ddim eisiau symud. Wrth i'r sielio ddwysáu, fe welai Friedrich ei fod wedi'i ynysu oddi wrth ei gyd-filwyr wrth iddyn nhw ddiflannu dros y bryn. Gollyngodd fy awenau er mwyn ceisio dianc, ond roedd yn rhy araf ac wedi gadael pethau'n rhy hwyr. Lwyddodd o ddim i gyrraedd y goedwig. Cafodd ei lorio ychydig gamau oddi wrth Talfryn ac fe rowliodd yn ôl i lawr y bryn nes ei fod yn gorwedd yn llonydd wrth ei ochr. Y cip olaf gefais i ar fy mintai oedd dau fwng euraid y ddwy ferlen Haflinger wrth iddyn nhw straffaglu i dynnu'r gwn i fyny drwy'r coed efo'u milwyr yn tynnu'n wyllt ar eu hawenau, ac eraill yn gwthio'r gwn o'r cefn.

PENNOD 15

Sefais wrth ymyl Talfryn a Friedrich drwy'r dydd a'r fin nos, gan eu gadael dim ond unwaith i yfed o'r afon. Fe glywn y sielio'n symud yn ôl ac ymlaen ar hyd y dyffryn, gan daflu cawodydd o laswellt a phridd a choed i'r awyr a gadael cawgiau mawr yn mygu'n y ddaear, fel petai'r ddaear ei hun ar dân. Roedd unrhyw ofn y gallwn fod wedi'i deimlo yn cael ei foddi gan y teimlad llethol o dristwch a chariad a'm gorfododd i aros efo Talfryn cyn hired â phosib. Mi wyddwn y baswn, cyn gynted ag y byddwn i'n ei adael, ar fy mhen fy hun yn y byd unwaith eto, heb nerth a chefnogaeth fy ffrind. Felly sefais wrth ei ochr ac aros yno.

Toriad gwawr oedd hi, a minnau'n pori'r glaswellt yn agos i'r fan lle roedden nhw'n gorwedd, pan glywais y sŵn hwnnw dros sgrechian y sielio – sŵn peiriannau'n nadu a rhyw ruglo metalaidd a wnaeth i mi dynnu fy nghlustiau at ochr fy mhen. Fe'i clywn yn agosáu o'r ochr arall i'r bryn lle roedd y milwyr wedi diflannu: sŵn rhwygo a rhuo'n agosáu bob munud ac yn cynyddu wrth i'r sielio ddod i ben yn gyfan gwbl.

Er nad o'n i'n deall hynny ar y pryd, hwn oedd y tanc cyntaf i mi ei weld – rhyw anghenfil mawr dur yn siglo'i ffordd tuag ataf dros y bryn, golau oer y wawr yn gefndir iddo, ac yntau'n chwythu cynffon o fwg o'i ben ôl. Oedais am eiliad yn unig cyn i'r ofn brawychus rwygo drwof a dechreuais garlamu i lawr yr allt at yr afon, gan adael

Talfryn o'r diwedd. I mewn â fi i'r afon nerth y gwynt, heb wybod a fyddwn yn teimlo gwely'r afon dan fy nhraed ai peidio. Ro'n i hanner ffordd i fyny ochr arall y dyffryn cyn i mi feiddio arafu a throi i weld a oedd y bwystfil yn dal i ddod ar f'ôl. Ddylwn i ddim fod wedi edrych gan fod un bwystfil bellach wedi troi'n sawl bwystfil, a'r rheiny'n rowlio i lawr y bryn tuag ataf. Roedden nhw eisoes wedi mynd heibio'r fan lle gorweddai Talfryn a Friedrich ar yr hyn oedd ar ôl o'r llethr. Arhosais, gan feddwl fy mod i'n saff yn fy encil yng nghysgod y coed, cyn i mi weld y tanciau'n torri drwy ddŵr yr afon. Doedd gen i ddim dewis ond dechrau rhedeg unwaith eto.

Doedd gen i ddim syniad i ble ro'n i'n mynd. Rhedais a rhedais nes mod i bellach yn methu clywed y sŵn rhuglo byddarol na synau'r gynnau. Dwi'n cofio croesi afon arall, carlamu trwy sawl buarth fferm gwag, neidio dros sawl ffens a ffos anghyfannedd, a thrwy adfeilion hen bentrefi heb weld yr un enaid byw – nes aros o'r diwedd y noson honno i bori mewn dôl ffrwythlon ac yfed o nant garegog. Erbyn hynny roedd y blinder wedi dwyn pob nerth o 'nghoesau a 'ngorfodi i orwedd ar y glaswellt a chysgu.

Pan ddeffrais roedd hi'n dywyll fel y fagddu, a sŵn y gynnau'n saethu o'm cwmpas unwaith eto. I ba gyfeiriad bynnag yr edrychwn, câi'r nos ei goleuo gan fflachiadau melyn tân y gynnau a thân gwyllt gwyn llachar y taflegrau'n llosgi fy llygaid gan daflu golau dydd am ysbaid dros y wlad o 'nghwmpas. Dim ots i ba gyfeiriad yr awn i, byddwn yn mynd tuag at y gynnau. Y peth callaf i'w wneud, felly, oedd aros yn fy unfan. O leiaf roedd digon o laswellt i'w fwyta a digon o ddŵr i'w yfed yma.

Yr eiliad y penderfynais wneud hynny, daeth ffrwydrad o olau gwyn uwch fy mhen a chlywn dagu'r gynnau peiriant yn rhwygo'r awyr wrth i fwledi'n chwipio'r ddaear o'm cwmpas. Rhedais a rhedais i fol y nos, gan faglu'n aml yn y tywyllwch dros ffosydd a gwrychoedd. Erbyn hyn, roedd y caeau wedi colli eu glaswellt a'r coed wedi troi'n stympiau yn erbyn yr wybren llawn fflachiadau. I bob cyfeiriad yr awn erbyn hyn roedd craterau mawr yn y ddaear a'r rheiny'n llawn dŵr marwaidd, mwdlyd.

Wrth i mi faglu allan o un o'r tyllau yma, trawais yn erbyn rholyn o wifren bigog guddiedig a frathodd fy nghoes a'i lapio'i hun o'i chwmpas. Wrth gicio'n wyllt i rhyddhau fy hun, teimlais y wifren yn rhwygo cnawd fy nghoes cyn i mi lwyddo i'w thynnu'n rhydd. O hynny ymlaen, y cwbl y gallwn ei wneud oedd hercian yn araf i'r nos, gan deimlo fy ffordd ymlaen yn bwyllog. Mae'n rhaid fy mod wedi cerdded am filltiroedd, ond o ble ac i ble chaf i byth wybod. Pwniai'r boen yn fy nghoes, ac ar bob ochr i mi roedd y magnelau'n tanio a'r reifflau'n poeri i'r nos. Yn waedlyd ac yn llawn arswyd pur, ro'n i'n hiraethu am gael bod efo Talfryn eto. Fe fyddai Talfryn yn gwybod i ba gyfeiriad i fynd, meddwn wrtha i fy hun. Byddai Talfryn yn siŵr o wybod.

Baglais i ddyfnder y nos, gan gredu mai dim ond yn y tywyllwch duaf y byddwn i'n ddiogel rhag y sielio. Y tu ôl i mi roedd mellt a tharanau'r peledu di-baid yn ofnadwy o ddwys, ac yn goleuo tywyllwch y nos nes ei fod yn edrych fel rhyw olau dydd rhyfedd. Fedrwn i ddim meddwl am droi'n ôl i ganol y gyflafan, er 'mod i'n gwybod bod Talfryn yn gorwedd yno. Roedd gynnau'n saethu o 'mlaen ac ar bob ochr i mi, ond yn y pellter fe welwn y gorwel yn ddu a digynnwrf, felly symudais yn araf bach i'r cyfeiriad hwnnw.

Roedd y briw yn fy nghoes yn dechrau cyffio yn yr oerfel, a bellach ro'n i mewn cymaint o boen nes prin y gallwn godi'r goes o gwbl. Cyn pen dim, fedrwn i ddim rhoi unrhyw bwysau o gwbl arni. Hon oedd noson hwyaf fy mywyd i: hunllef o boen ac ofn a hiraeth. Mae'n siŵr mai fy ngreddf i gael byw oedd yn fy ngyrru ymlaen ac yn fy nghadw ar fy nhraed drwy'r nos. Teimlwn mai fy unig obaith oedd rhoi cymaint o bellter â phosib rhyngof fy hun a thwrw'r frwydr, felly ymlaen â fi. O dro i dro, byddai'r reifflau a'r gynnau peiriant yn clecian o 'nghwmpas i, a minnau'n sefyll fel delw wrth i'r ofn fy mharlysu nes i'r tanio ddod i ben a minnau'n gallu symud fy nghoesau eto.

Ar y dechrau, dim ond yn y pantiau dyfnaf y gwelwn ychydig o niwl yn llechu, ond ar ôl i mi gerdded am rai oriau roedd niwl myglyd yr hydref yn mynd yn fwy trwchus fel na welwn i ddim ond siapiau a chysgodion a fflachiadau o 'nghwmpas. A minnau bron yn ddall erbyn hyn, ro'n i'n dibynnu'n llwyr ar wrando'n astud ar sŵn y gynnau, gan geisio gadael y twrw y tu ôl i mi a symud tuag at y byd tawel, tywyll oedd o 'mlaen.

Roedd y wawr yn dechrau byseddu'i ffordd drwy'r niwl pan glywais sŵn lleisiau isel, taer gerllaw. Sefais yn llonydd a gwrando, gan geisio dyfalu lleisiau pwy oeddent.

''Mlaen â chi. Dewch rŵan, hogia.' Roedd y lleisiau'n cael eu mygu gan y niwl. Clywn synau camau brysiog a gynnau'n clecian. 'Wel, cwyd hwnna, hogyn, cwyd o i fyny. Lle wyt ti'n feddwl wyt ti? Rho sglein ar y gwn 'na reit handi.' Yna roedd distawrwydd llethol, a dyma chamais innau'n ofalus ychydig yn nes at y lleisiau, yn cael fy nhemtio, ond yn llawn ofn yr un pryd.

'Dyna fo eto, Sarj. Mi welais i rywbeth, ar fy marw.'

'Wel *be* welest ti, hogyn? Y bali fyddin Almaenig i gyd, ta dim ond un neu ddau o filwyr yn mynd am dro i fystyn eu coesau?'

'Nid dyn, Sarj, ac nid Almaenwr chwaith – roedd o'n debycach i geffyl neu fuwch i mi.'

'Buwch neu geffyl? Allan yn fan'na yn nhir neb? A sut gebyst wyt ti'n meddwl y daeth o yno? Hogyn, rwyt ti angen cwsg – mae dy lygaid yn chwarae triciau arnat ti.'

'Ond mi glywais innau rywbeth hefyd, Sarj. Wir yr, cris croes tân poeth.'

'Wel, tydw i'n gweld dim, a wyddost ti pam? Am nad oes 'na ddim i'w weld. Rwyt ti ar bigau'r drain, hogyn, ac oherwydd dy lol di mae'r bataliwn i gyd wrth eu gwaith hanner awr ynghynt nag oedd raid – a phwy fydd yn hogyn poblogaidd pan ddyweda i wrth y lefftenant am hyn? Mi wyddost ti gymaint mae hwnnw'n licio'i wely. Mi rwyt ti a dy lol wedi deffro'r holl gapteiniaid a'r mejors a'r brigadîars annwyl, a'r cwbl am dy fod ti'n meddwl dy fod ti wedi gweld blincin ceffyl!' Ac yna, gan godi'i lais er mwyn i pawb gael clywed, gwaeddodd, 'Ond rŵan, gan ein bod ni i gyd ar ein traed yng nghanol y cawl potsh o niwl dopyn 'ma, a'n bod ni i gyd yn gwybod sut mae'r rhen Jeri'n leicio dod i gnocio ar waliau'n tyllau ni tra 'dan ni mor ddall ag ystlumod, dwi isio i chi i gyd gadw'ch llygaid ar agor led y pen – ac ella y byddwn ni i gyd yn dal yn fyw i fwyta'n brecwast. Mi fydd 'na ryw gymun o rŷm yn dod o gwmpas yn y munud – mi roith hwnnw dân yn eich boliau chi – ond tan hynny, dwi am i bob un wan jac ohonoch gadw'ch llygaid yn fawr fel soseri.'

Wrth iddo weiddi dechreuais hercian oddi yno. Ro'n i'n crynu o 'mhen i'm cynffon gan ofni'r ffrwydrad nesaf, ac eisiau bod mor bell â phosib oddi wrth unrhyw fath o sŵn. Yn chwil gan boen ac ofn, ymlwybrais ymlaen drwy'r niwl nes bod fy nghoesau'n gwrthod mynd â mi gam ymhellach. Sefais o'r diwedd gan orffwys fy nghoes waedlyd ar dwmpath newydd o fwd wrth ymyl pant yn llawn dŵr drewllyd ac arogli'r llawr am damaid i'w fwyta. Ond doedd dim blewyn o laswellt yno, a doedd gen i mo'r egni na'r ewyllys i symud modfedd. Wrth godi fy mhen, teimlais belydrau cynta'r haul yn treiddio trwy'r niwl ac yn mwytho fy nghefn gan yrru ffrwd o gynhesrwydd trwy fy nghorff oer, cnotiog.

O fewn munudau roedd y niwl wedi dechrau clirio, ac am y tro cyntaf fe welwn fy mod i'n sefyll ar rodfa hir o fwd mewn tirwedd llydan, llwm a diffaith. Safwn rhwng dwy res ddi-ben-draw o wifren bigog a redai i'r pellter o 'mlaen a'r tu ôl i mi. Roedd gen i gof o fod mewn lle tebyg unwaith o'r blaen, yn carlamu nerth y gwynt efo Talfryn wrth fy ymyl. Dyma'r fan y byddai'r milwyr yn ei alw'n 'tir neb'.

PENNOD 16

Deuai'r chwerthin a'r gweiddi mewn tonnau o'r ffosydd y naill ochr a'r llall i mi a phob hyn a hyn clywn orchmynion y dylai pawb gadw'u pennau i lawr a pheidio saethu. O'r lle y safwn i, y cwbl a welwn oedd cip ar ambell het haearn yn dystiolaeth mai lleisiau pobl go iawn oedd y rhain. Ar yr awel, cariwyd arogl melys bwyd yn cael ei goginio tuag ataf a chodais fy nhrwyn yn awchus i'w fwynhau. Roedd yn arogli'n fwy melys na'r stwnsh hyfrytaf a gefais erioed, ac roedd tinc o halen ynddo. Cychwynnais i'r chwith, ond yna troi a mynd i'r dde, wrth i'r arogl fy nhemtio, ond wrth i mi agosáu at y ffosydd at y naill ochr neu'r llall byddai'r wifren bigog yn fy atal. Roedd y milwyr yn fy annog ymlaen, ac yn gweiddi'n harti wrth i mi agosáu gan godi eu pennau dros ymylon y ffosydd. Pan fu raid i mi droi ar fy sawdl a chychwyn yn ôl ar draws tir neb i'r ochr arall, roedd yr un faint o groeso i'w gael gan gôr o guro dwylo a chwibanu o'r ochr honno. Ond allwn i yn fy myw weld yr un ffordd drwy'r wifren. Dwi'n siŵr 'mod i wedi igam-ogamu ar draws tir neb drwy'r bore, bron â bod, ac o'r diwedd mi ddois ar draws darn bach o dir â glaswellt tywyll blêr yn tyfu ar ochr hen grater.

Ro'n i wrthi'n brysur yn bwyta pob blewyn a welwn i pan sylwais, o gornel fy llygaid, ar ddyn mewn iwnifform lwyd yn dringo allan o'i ffos, ac yn chwifio baner wen uwch ei ben. Gwyliais wrth iddo dorri'i ffordd yn ofalus drwy'r wifren a'i thynnu i'r naill ochr. Yn y cyfamser, roedd y dynion ar yr ochr arall yn cadw reiat; a chyn pen dim fe welwn gorff eiddil â helmed ar ei ben a chôt fawr werdd amdano, hefyd yn dringo i dir neb. Roedd yntau'n chwifio hances wen wrth geisio creu llwybr drwy'r wifren tuag ataf.

Yr Almaenwr oedd y cyntaf drwy'r wifren, a gadawodd fwlch cul y tu ôl iddo. Daeth tuag ataf yn araf deg ar hyd tir neb, gan alw arnaf i ddod ato. Roedd yn f'atgoffa i o'r hen Friedrich annwyl gan ei fod yntau, fel Friedrich, yn hen ŵr â llond pen o wallt blêr wedi britho, ac yn siarad yn addfwyn. Daliai raff mewn un llaw, ac estynnai'r llaw arall tuag ataf. Roedd o'n dal i fod braidd yn bell i ffwrdd i mi weld yn glir beth oedd yn ei law arall, ond teimlwn yn ddigon hyderus i hercian yn ofalus tuag ato. Bellach roedd y milwyr ar y ddwy ochr yn sefyll ar ragfuriau'r ffosydd, yn gweiddi'n hapus ac yn chwifio'u helmedau uwch eu pennau.

'Hei, boio!' Daeth y floedd o'r tu ôl i mi, a sefais yn fy unfan. Trois fy mhen a gweld y dyn bach mewn côt werdd yn ochrgamu ac yn cerdded yn igam-ogam tuag ataf ar draws tir neb, gan ddal un llaw â hances wen ynddi'n uchel uwch ei ben. 'Hei, boio! Lle ti'n mynd? Aros funud. Ti'n mynd y ffordd anghywir – dere 'ma.'

Roedd y ddau ddyn oedd yn dod amdanaf i mor wahanol â pholyn a pheg. Yr un mewn iwnifform lwyd oedd y talaf o'r ddau, ac wrth iddo ddod yn nes ataf fe welwn fod croen ei wyneb wedi crychu dros y blynyddoedd. Roedd ei osgo'n araf ac yn addfwyn. Yn hytrach na helmed ar ei ben, gwisgai gap bach di-big ac arno fandyn coch ro'n i mor gyfarwydd ag o. Cyrhaeddodd y dyn bach yn y gôt fawr werdd atom a'i wynt yn ei ddwrn. Roedd wyneb hwnnw'n goch ac yn llyfn gan ieuenctid, a'i helmed fawr gron yn gam am ei ben. Am ychydig funudau annifyr, safai'r ddau lathenni oddi wrth ei gilydd gyda'r naill yn llygadu'r llall yn dawel. Y dyn yn y gôt werdd oedd y cyntaf i darfu ar y tawelwch.

'Wel, beth nawr 'te?' holodd, gan gerdded tuag ataf i a'r Almaenwr, a safai ben-ac-ysgwydd yn dalach nag o. 'Mae 'na ddau ohonon ni ac un ceffyl i'w rannu. Wrth gwrs, roedd yr hen Frenin Solomon wedi'i deall hi, yn doedd e? Ond dyw e ddim help yn yr achos yma, yw e? Ac i wneud pethe'n waeth, alla i ddim siarad yr un gair o Almaeneg, a does gen ti ddim syniad be ddiawch dwi'n 'i ddweud, oes e? O bachan, ddylsen i byth fod wedi dod mas yma. Wn i ddim beth dda'th drosta i, a'r cwbl o achos rhyw hen geffyl mwdlyd hefyd.'

'Ond mi alla i, mi alla i siarad ychydig bach o Saesneg gwael,' meddai'r dyn hŷn, gan ddal ei law fel cwpan o dan fy nhrwyn. Darnau bach o fara du oedd ganddo i'w gynnig, rhywbeth y byddwn i'n ei ystyried yn rhy chwerw fel arfer, ond y diwrnod hwn ro'n i'n llawer rhy llwglyd i fod yn ffyslyd, a llyncais y cyfan mewn dim o dro. 'Rydw i'n siarad dim ond tamaid bach o Saesneg – Saesneg bachgen ysgol – ond digon i ni.' Wrth iddo siarad teimlais raff yn cael ei rhoi am fy ngwddw ac yn tynhau. 'Ac o ran y broblem arall; fi oedd yma gynta, felly fi bia'r ceffyl. Teg, na? Fel eich criced chi?'

'Criced! Pa griced?' meddai'r llanc gan godi'i lais. 'Pwy glywodd sôn am y ffasiwn gêm yng Nghymru? Gêm y pwdryn Sais yw honno! Rygbi, 'na beth ni'n ware. Ond, nid gêm yw hi yn fy ardal i – mae'n grefydd. Ro'n i'n ware yn safle'r mewnwr i Faesteg cyn i'r rhyfel 'ma'n stopo fi, ac ym Maesteg ni'n gweud fod pêl rydd yn bêl i ni.'

'Sori?' meddai'r Almaenwr, a'i dalcen wedi crebychu mewn penbleth. 'Tydw i ddim yn deall hyn.'

'Sdim ots, Jeri. So fe'n bwysig ddim mwy. Fe allen ni fod wedi sorto'r cwbl yn heddychlon fel hyn, Jeri – y rhyfel wi'n feddwl – ac fe fydden i'n ôl yn fy nghwm i erbyn hyn, a tithau yn d'un di. Er, nid dy fai di yw e – na fy mai inne chwaith a dweud y gwir.'

Roedd y milwyr wedi tewi bellach, a safai'r ddwy fyddin yn fud wrth i'r ddau ddyn siarad wrth f'ymyl. Roedd y Cymro'n mwytho fy nhrwyn a 'nghlustiau erbyn hyn. 'Rwyt ti'n deall ceffylau, felly?' holodd yr Almaenwr tal. 'Pa mor ddrwg yw'r goes? Wyt ti'n credu'i fod e wedi torri asgwrn? Dyw e ddim yn cerdded yn dda arni.'

Gwyrodd y Cymro a chodi fy nghoes yn ysgafn fel petai wedi hen arfer, gan rwbio'r llaid o'r briw. 'O ma' llanast arno fe, ond sai'n credu'i fod e wedi'i thorri hi, Jeri. Mae'n friw itha drwg, cwt dwfn – ar y wifren yn ôl ei olwg e. Bydd yn rhaid i rywun gael golwg arno fe'n go glou cyn i'r gwenwyn suddo i mewn, neu fydd e'n da i ddim i neb. Mae'n rhaid ei fod e wedi colli llawer o waed yn barod. Y cwestiwn yw, pwy sy'n mynd â fe? Mae 'da ni ysbyty milfeddygol draw tu ôl i'n ffosydd ni fydde'n gallu gofalu amdano fe, ond mae'n siŵr bod 'da chi un hefyd, yn does e?'

'Oes, dwi'n meddwl. Mae 'na un yn rhywle ond dwn i ddim ble yn union,' meddai'r Almaenwr yn araf. Yna tyrchodd ei law yn ddwfn i'w boced ac estyn darn arian oddi yno.

'Dewis ochr – "pen neu gynffon" fel rydych chi'n ddweud. Fe wna i ddangos y geiniog i bawb ar y ddwy ochr ac felly bydd pawb yn gwybod mai lwc yn unig fydd yn penderfynu pwy sy'n ennill y ceffyl. Fel yna, bydd neb yn colli unrhyw barch – ac fe fydd pawb yn fodlon.'

Edrychodd y Cymro arno mewn edmygedd a gwenu. 'Iawn te, bant â ti, Jeri, dangos di'r geiniog iddyn nhw ac mi wna inne ddewis.' Cododd yr Almaenwr y geiniog yn uchel a'i throi i bawb gael ei gweld gyda'r haul yn pefrio oddi arni, yna rhoddodd dro arni ac i fyny â hi gan wician yn yr awyr. Wrth iddi ddisgyn, gwaeddodd y Cymro mewn llais clir fel cloch fel bod pawb yn ei glywed, 'Pen!'

'Wel,' meddai'r Almaenwr, wrth blygu ar ei gwrcwd i godi'r geiniog. 'Mae wyneb y Kaiser yn syllu arna i o'r mwd, a tydi o ddim yn edrych yn hapus iawn, felly mae arna i ofn mai ti sydd wedi ennill. Ti bia'r ceffyl. Gofala di'n dda amdano, gyfaill,' meddai gan godi pen y rhaff unwaith eto a'i rhoi i'r Cymro. Wrth wneud, estynnodd ei law arall a'i chynnig i'r Cymro ei hysgwyd mewn addewid o gyfeillgarwch a chymod, â gwên gynnes ar ei wyneb treuliedig. 'Efallai, mewn awr neu ddwy, y byddwn ni'n trio lladd ein gilydd eto,' meddai. 'Duw yn unig a ŵyr pam, ac efallai ei fod yntau hefyd wedi anghofio. Hwyl fawr, Gymro. Rydyn ni wedi dangos iddyn nhw, yn do? Rydyn ni wedi dangos bod modd datrys unrhyw broblem wrth i bobl ymddiried yn ei gilydd. Dyma'r cwbl sydd ei angen, na?'

Ysgydwodd y Cymro ei ben mewn anghrediniaeth lwyr wrth gymryd y rhaff. 'Jeri, 'achan,' meddai, 'tasen nhw wedi rhoi ni'n dau 'da'n gilydd am awren ne ddwy, fe fydden ni wedi hen sorto'r llanast 'ma. Fydde dim mwy o wragedd gweddw a phlant yn crio yn fy nghwm i, nac yn d'un dithe. A tasen ni'n methu dod o hyd i ateb, fe allen ni wastad fflipo ceiniog, yn gallen?'

'Tasen ni'n gwneud hynny,' meddai'r Almaenwr dan chwerthin, 'yna ein tro ni i ennill fyddai hi. Ac efallai na fyddai dy Lloyd George di'n hoffi hynny.' Rhoddodd yr Almaenwr ei ddwy law ar ysgwyddau'r Cymro am eiliad. 'Bydd yn ofalus, gyfaill, a phob lwc. Auf Wiedersehen.' Yna trodd ar ei sawdl a cherdded yn ôl ar hyd tir neb at y wifren.

'A tithe, 'achan!' gwaeddodd y Cymro ar ei ôl. Trodd yntau a'm harwain at reng o filwyr mewn dillad gwyrdd, a'r rheiny'n dechrau gweiddi, curo dwylo a chwerthin yn hapus wrth i mi hercian fy ffordd tuag atynt drwy'r bwlch yn y wifren.

PENNOD 17

Ro'n i mewn poen ofnadwy wrth geisio sefyll ar dair coes yng nghefn wagen y milfeddyg ar ôl i'r Cymro bach dewr fy nhywys i yno. Roedd criw mawr o filwyr swnllyd wedi dod ynghyd i ddymuno'n dda i mi. A minnau'n siglo o ochr i ochr wrth deithio yn y wagen ar hyd yr hen lonydd tyllog, buan y collais fy nghydbwysedd a disgyn yn un swp blêr, anghyfforddus ar lawr y wagen. Curai'r boen yn ofnadwy yn fy nghoes ddrwg wrth i mi gael fy hyrddio bob sut yn ystod y daith araf. Dau geffyl mawr du, trwsiadus oedd yn tynnu'r wagen, y ddau mor daclus â phìn mewn papur mewn harneisiau wedi'u hiro'n ofalus.

A minnau mor wan ar ôl oriau maith o boen a diffyg bwyd, doedd gen i mo'r nerth i godi ar fy nhraed wrth i mi deimlo'r wagen yn arafu a dod i stop yn haul gwan yr hydref. Cefais groeso mawr gan gôr o geffylau'n gweryru, a chodais fy mhen i gael gwell golwg. Dros ochr y wagen fe welwn fuarth ac iddo lawr o gerrig coblog, efo stablau godidog bob ochr iddo a thŷ mawr crand â thyrau arno gerllaw. Roedd pennau ceffylau chwilfrydig wedi ymddangos uwchben drysau'r stablau hefyd, a'u clustiau'n codi er mwyn ceisio clywed yn well. Fe welwn dynion mewn iwnifforms gwyrdd ym mhobman; roedd rhai'n rhedeg tuag ataf ac un ohonyn nhw efo rhaff yn ei ddwylo.

Roedd dod o'r wagen yn boenus dros ben, gan nad oedd fawr o nerth ar ôl yn fy nghoesau a'r rheiny'n binnau-bach i gyd ar ôl y siwrnai. Ond fe lwyddon nhw i 'nghael i godi o'r diwedd ac mi gerddais yn ofalus wysg fy nghefn i lawr y ramp i'r buarth. Dyna lle ro'n i, fel seren y sioe, yng nghanol clwstwr o filwyr gofidus ac edmygus, a phob un yn fy archwilio ac yn teimlo pob rhan o 'nghorff.

'Be gythraul dach chi'n feddwl dach chi'n 'i neud?' taranodd llais uchel ar draws y buarth. 'Ceffyl ydi o. Ceffyl fel y lleill.' Roedd dyn anferthol yn brasgamu tuag atom, ei esgidiau hoelion yn clecian ar y cerrig. Prin bod modd gweld ei wyneb trwm, coch gan fod un hanner ohono wedi'i guddio gan big ei gap, a'r hanner arall gan fwstásh coch enfawr o'i wefus hyd at ei glustiau. 'Ydi, mae o'n geffyl enwog. Ac ia, hwn ydi'r unig blwmin ceffyl yn holl hanes y rhyfel i ddod yn ôl yn fyw o dir neb. Ond edrychwch arno mewn difri calon – dim ond ceffyl ydi o, ac un budur ar y naw hefyd. Ewadd, dwi wedi gweld ambell greadur blêr yn fy nydd, ond hwn ydi'r blera a'r butra a'r un mwya mwdlyd i mi ei weld erioed. Mae o'n blwmin gwarthus, a dyma chi i gyd yn fan'ma yn syllu arno fel lloea.' Gwisgai'r dyn dair streipen drwchus ar ei fraich, ac roedd y plygiadau yn ei drowsus mor finiog â chyllell. 'Rŵan, mae 'na dros gant o geffylau gwael yn y sbyty 'ma, a dim ond deuddeg ohonon ni i ofalu amdanyn nhw. Y pwdryn bach yma sydd i fod i ofalu am hwn, felly mi geith y gweddill ohonoch chi ffernols sgrialu 'nôl i'ch gwaith. Tân dani, y mwncis diog!' Ac i ffwrdd â'r dynion i bob cyfeiriad fel marblis, gan adael fi yng nghwmni'r llanc ifanc oedd wedi dechrau fy nhywys at y stablau. 'A chditha,' bloeddiodd y llais mawr eto. 'Mi fydd yr

Uwchgapten Martin yn dŵad draw o'r tŷ mawr mewn deng munud i gael golwg ar y ceffyl 'na. Gwna di'n siŵr 'i fod o'n sgleinio fel blwmin drych fel y gallet blwmin siafio ynddo fo, dallt?'

'Iawn, Sarjant,' atebodd y llanc. Ateb a yrrodd ias i lawr fy nghefn. Roedd y llais yn gyfarwydd. Ym mhle ro'n i wedi clywed y llais yna o'r blaen? Do'n i ddim yn siŵr, ond roedd ei glywed wedi gyrru ton o hapusrwydd a gobaith drwy fy nghorff i gyd, gan fy nghynhesu drwof. Wrth i'r llanc fy arwain yn araf ar draws y buarth, ceisiais weld ei wyneb. Ond roedd yn cerdded o fy mlaen i, a'r cwbl a welwn oedd gwar wedi'i heillio'n dwt a phâr o glustiau pinc.

'Sut ar wyneb y ddaear est ti'n sownd yng nghanol tir neb, yr hen jolpyn?' gofynnodd. 'Dyna be mae pawb isio'i wybod, wyddost ti, byth ers i ni glywed dy fod ti ar dy ffordd yma. A sut ar wyneb daear bod y ffasiwn olwg arnat ti? Wir yr, mae pob modfedd ohonot ti'n blastar o fwd neu waed. Mae'n anodd dychmygu beth sydd o dan yr holl lanast. Ond mi gawn ni weld cyn pen dim. Mi wna i dy glymu di'n fan'ma a chael gwared â'r rhan fwyaf o'r budreddi cyn i ti fynd dan do. Yna, mi fydda i'n dy frwsio di'n dda cyn i'r Uwchgapten gyrraedd. Tyrd rŵan, yr hen jolpyn. Unwaith y bydda i wedi dy sgwrio di, mi ddaw yr Uwchgapten i roi rhywbeth ar yr hen friw poenus 'na i ti. Fedra i ddim rhoi tamaid o fwyd i ti cofia, na dŵr chwaith tan y bydd o'n dweud. Dyna orchymyn y Sarjant. Rhag ofn y bydd angen llawdriniaeth arnat ti.'

Roedd o'n chwibanu'n braf wrth ei waith, a'r chwibanu hwnnw'n cyd-fynd â'r llais ro'n i'n ei gofio. Roedd o'n cadarnhau fy ngobeithion, a gwyddwn bryd hynny mod i'n iawn. Yn fy ngorfoledd dyma fi'n codi ar fy nghoesau ôl a gweryru'n uchel iddo gael fy adnabod i. Ro'n i am iddo weld pwy o'n i. 'Argol, gofalus rŵan, yr hen jolpyn. Bron i ti dynnu fy het i!' meddai'n annwyl, gan afael yn dynn yn y rhaff a mwytho fy nhrwyn fel roedd yn arfer ei wneud erstalwm pryd bynnag ro'n i'n anhapus.

'Does dim angen hen lol fel'na. Mi fyddi di'n iawn, siŵr. Lol botas am ddim byd. Ro'n i'n nabod merlyn tebyg i chdi erstalwm – roedd hwnnw'n dychryn yn hawdd, nes i mi ddod i'w nabod o ac yntau i'm nabod innau.'

'Wyt ti'n siarad efo'r ceffylau 'na eto, Albert?' holodd llais o'r stabl nesaf. 'Nefi wen! Be sy'n gwneud i ti feddwl eu bod nhw'n deall yr un blincin gair sy'n dod o dy ben di?'

'Ella nad ydi pob un yn deall, Eddie,' meddai Albert. 'Ond un diwrnod, mi fydd 'na un ceffyl yn nabod fy llais i. Mi ddaw o yma, a nabod fy llais i ar ei union. Mae o'n siŵr o ddod yma. Ac yna mi gei di weld ceffyl sy'n deall pob gair sy'n cael ei ddweud wrtho.'

'O, ti am ddechrau mwydro am y Shoni 'na eto, wyt ti?' Ymddangosodd pen perchennog y llais dros ddrws y stabl. 'Wyt ti am ddisgwyl am byth, Byrti? Dwi wedi dweud wrthot ti ganwaith. Yn ôl y sôn, mae 'na tua hanner miliwn o blincin geffylau yma – ac wyt titha wedi ymuno â Chorfflu'r Milfeddygon yn y gobaith o ddod ar draws yr un ceffyl 'ma.' Bellach ro'n i'n pystylad y llawr efo 'nghoes wael mewn ymgais i gael Albert i edrych yn iawn arna i, ond y cwbl wnaeth o oedd anwesu fy ngwddw a dechrau ar y gwaith o olchi'r budreddi oddi arnaf. 'Felly does ond un cyfle mewn hanner miliwn y bydd dy Sioni di'n cerdded i mewn i'r buarth 'ma. Callia, wnei di. Mae'n bosib ei fod wedi'i ladd – fel llawer ohonyn nhw. Neu wedi cael mynd ar drip i blincin Palesteina. Gall fod yn unrhyw le ar hyd y cannoedd o filltiroedd o ffosydd. Taset ti ddim cystal am drin ceffylau, a heb fod yn ffrind gorau i mi, mi faswn i'n meddwl dy fod ti'n dechrau colli dy farblis dros y blincin Shoni 'ma!'

'Mi fyddi di'n deall pan weli di o, Eddie,' meddai Albert yn hamddenol wrth wyro i grafu'r mwd a oedd yn blastar oddi tanaf. 'Mi gei di weld. Does 'na'r un ceffyl tebyg iddo yn yr holl fyd – ceffyl gwinau rhuddgoch godidog, efo mwng a chynffon ddu. Mae ganddo groes wen ar ei dalcen a phedair hosan wen sy'n union yr un maint. Mae o dros un llaw ar bymtheg o daldra, ac yn berffaith o'i gorun i'w gynffon. Wir i ti, pan weli di o, mi fyddi di'n ei nabod o. Mi faswn i'n ei nabod o allan o griw o fil o geffylau. Mae 'na rywbeth cwbl arbennig yn ei gylch o. Wyt ti'n cofio fi'n sôn am y Capten Nicholls, y dyn hwnnw brynodd Shoni gan fy nhad? Mae o wedi marw bellach, ond mi yrrodd o lun o Shoni ata i. Roedd y Capten Nicholls hefyd yn gwybod bod rhywbeth yn arbennig am Shoni. Roedd o'n gwybod y funud y gwelodd o fo. Dwi'n siŵr o ddod o hyd iddo fo, Eddie. Dyna pam dwi wedi dod yr holl ffordd yma. Mi fydda i wedi dod o hyd i Shoni neu mi fydd Shoni wedi dod o hyd i mi. Dwi'n dweud wrthat ti, dwi wedi addo wrtho fo, a dwi'n bwriadu cadw fy ngair.'

'Dwyt ti ddim chwarter call, Byrti,' meddai ei ffrind wrth agor drws y stabl a dod i edrych ar fy nghoes. 'Dim chwarter blincin call!' Cododd Eddie un o 'ngharnau'n ofalus. 'Wel, mae gan hwn sanau gwyn ar ei goesau blaen, beth bynnag – dyna'r cwbl fedra i weld hyd yn hyn o dan yr holl fwd a gwaed. Mi wna i llnau'r briw tra dwi yma, neu lwyddi di fyth i'w sgwrio fo mewn pryd. A dwi wedi gorffen carthu fy stablau i. Does gen i ddim llawer i'w wneud ar hyn o bryd, felly gei di help llaw gen i. Fydd dim ots gan 'rhen Sarjant Blwmin, a finnau wedi gorffen fy ngwaith i gyd.'

A chyn pen dim roedd y ddau wrthi'n ddygn arna i, yn crafu, brwsio a golchi. Ro'n i'n sefyll yn eithaf llonydd, ond yn rhwbio fy nhrwyn ar Albert yn y gobaith y byddai'n troi i edrych arna i. Ond roedd o'n rhy brysur yn cael trefn ar fy nghefn a 'nghynffon i erbyn hyn.

'Dyna ni,' meddai Eddie, gan olchi'r trydydd carn. 'Dyna dair hosan wen.'

'Paid â thynnu coes, Eddie,' meddai Albert. 'Dwi'n gwybod be ti'n feddwl. Dwi'n gwybod bod pawb yn meddwl nad oes gen i obaith o ddod o hyd iddo fo. Mae 'na gannoedd o geffylau â phedair hosan wen, mi wn i hynny, ond dim ond un sydd â chroes wen lân ar ei dalcen. A faint o geffylau y gwyddost ti amdanyn nhw sydd â'i gôt yn pefrio fel fflamau tân yng ngolau machlud haul? Wir i ti, does dim un tebyg iddo yn yr holl fyd.'

'Pedair,' meddai Eddie. 'Dyna i ti bedair hosan wen. Dim ond croes ar ei dalcen a sblash o baent coch ar y ceffyl budur 'ma, ac mi fydd dy Shoni di yma o'n blaenau ni!'

'Taw â dy wawdio,' meddai Albert yn dawel. 'Ti'n gwybod bod gen i feddwl y byd o Shoni, ac mi fyddwn i'n gwneud unrhyw beth i'w gael yn ôl eto. Shoni oedd fy unig ffrind cyn i mi ddod i'r rhyfel. Mi wnes i dyfu i fyny efo fo, yn do? Dwi wedi dweud hynny wrthat ti. Roedd Shoni a finnau'n deall ein gilydd i'r dim.'

Roedd Eddie'n sefyll wrth fy mhen i erbyn hyn. Cododd fy mwng oddi ar fy nhalcen a dechrau sgwrio, yn ysgafn i ddechrau, ond yna'n fwy egnïol, gan chwythu'r llwch o'm llygaid. Craffodd yn ofalus arna i, cyn dechrau brwsio i lawr at fy nhrwyn ac yn ôl rhwng fy nghlustiau nes mod i'n ysgwyd fy mhen yn ddiamynedd.

'Byrti,' meddai'n dawel. 'Tydw i ddim yn tynnu dy goes di rŵan. Wir yr. Mi ddywedaist ti fod gan Shoni bedair hosan wen yr un maint yn union â'i gilydd, yn do?'

'Do,' meddai Albert gan ddal ati i gribo'r baw o 'nghynffon.

'Ac mi ddeudist ti fod ganddo fo groes wen ar ei dalcen?'

'Do,' meddai Albert yn ddidaro.

'Wel, tydw i erioed wedi gweld ceffyl fel'na, Byrti,' meddai Eddie, gan fwytho fy mwng yn ôl i'w le. 'Faswn i ddim wedi meddwl bod y ffasiwn beth yn bosib.'

'Wel, mae o'n bosib,' meddai Albert yn swta. 'Ac roedd o'n goch, fel fflam yng ngolau'r haul.'

'Faswn i ddim 'di meddwl ei fod yn bosib,' meddai'i gyfaill eto, gan wneud ei orau i reoli'i lais. 'Tan y munud yma.'

'O, cau hi, Eddie!' meddai Albert, yn flin erbyn hyn. 'Sawl gwaith sy isio dweud wrthat ti 'mod i'n gwbl o ddifri ynglŷn â Shoni.'

'A finna, Byrti. Hollol o ddifri. Dim gair o gelwydd. Cris croes, tân poeth. Dwi o ddifri. Mae gan y ceffyl yma bedair hosan wen o'r un maint yn union. Mae gan y ceffyl yma groes wen ar ei dalcen. Mae ganddo fo fwng a chynffon ddu, fel y gweli di. Mae'r ceffyl yma dros un llaw ar bymtheg, ac ar ôl i ni roi sgwrfa dda iddo mi fydd o'n ddigon o sioe. A cheffyl rhuddgoch ydi o, o dan y mwd i gyd, yn union fel y dywedaist ti, Byrti.'

Wrth i Eddie siarad, dyma Albert yn gollwng fy nghynffon ac yn cerdded yn araf o 'nghwmpas gan redeg ei ddwylo ar hyd fy nghefn. O'r diwedd roedden ni'n sefyll wyneb yn wyneb. Roedd ei wyneb yn fwy garw nag o'n i'n ei gofio; roedd mwy o rychau o amgylch ei lygaid, ac roedd o'n ddyn lletach a thalach yn ei iwnifform na'r bachgen a gofiwn i. Ond fy Albert i oedd hwn. Doedd dim amheuaeth – fy Albert i oedd o.

'Shoni?' meddai'n betrus, gan edrych i fyw fy llygaid. 'Shoni?' Taflais fy mhen yn uchel a gweryru arno mewn llawenydd nes bod y sŵn yn atsain dros y buarth i gyd a'r dynion a'r ceffylau'n dod at ddrysau'r stablau i weld beth oedd y miri. 'Efallai,' meddai Albert yn dawel. 'Efallai dy fod ti'n iawn, Eddie. Efallai mai Shoni ydi o. Mae o hyd yn oed yn swnio fel Shoni. Ond does dim ond un ffordd i mi wybod yn iawn.' Ac ar hynny dyma Albert yn datod fy rhaff a thynnu'r penffestr oddi ar fy ngwddw. Yna trodd ei gefn a cherdded ymlaen ychydig cyn troi i'm wynebu. Cododd ei ddwylo yn gwpan i'w geg a chwythu. Ei sŵn chwiban tylluan, yr un chwibaniad isel herciog y byddai'n arfer ei ddefnyddio i alw arna i yr holl flynyddoedd hir yn ôl adre ar y fferm.

Yn sydyn, roedd y boen yn fy nghoes wedi diflannu, a dyma fi'n trotian tuag ato a chladdu fy mhen yn ei ysgwydd. 'Fo ydi o, Eddie,' meddai Albert, gan glymu'i freichiau yn dynn am fy ngwddw. 'Fy Shoni i! Dwi wedi dod o hyd iddo fo. Mae o wedi dod yn ôl ata i, yn union fel y dywedais i.'

'Ti'n gweld?' meddai Eddie dan wenu. 'Beth ddywedais i wrthat ti? Dwi'm yn anghywir yn aml, nac 'dw?'

'Ddim yn aml, Eddie,' meddai Albert. 'Ac yn bendant ddim y tro yma.'

PENNOD 18

Yn ystod y dyddiau gorfoleddus yn dilyn aduniad Albert a minnau, pylodd yr hunllef ro'n i wedi'i ddioddef i gefn y cof, a theimlwn yn sydyn fod y rhyfel filoedd ar filoedd o filltiroedd i ffwrdd, ac yn gwbl ddibwys. O'r diwedd, roedd sŵn y gynnau wedi tewi, a'r unig beth pendant i'm hatgoffa bod y dioddefaint a'r brwydro'n parhau oedd y ffaith fod wagenni'r milfeddygon yn dal i gyrraedd yn gyson.

Daeth yr Uwchgapten Martin i lanhau a phwytho'r briw ar fy nghoes, ac er fy mod yn cael trafferth i roi pwysau arni i ddechrau, mi deimlwn fy hun yn cryfhau o ddydd i ddydd. Roedd Albert yma efo fi unwaith eto, ac roedd hynny'n ddigon o ffisig ynddo'i hun. Rhwng ei gwmpeini o, y stwnsh cynnes a gawn i frecwast bob bore, a chyflenwad di-ben-draw o wair melys, mi wyddwn na fyddwn i fawr o dro'n gwella. Roedd gan Albert – fel pob un o'r cynorthwywyr milfeddygol – sawl ceffyl i ofalu amdano, ond fe dreuliai bob munud sbâr yn tendio arna i yn y stabl. Ro'n i'n bur enwog ymysg y milwyr eraill hefyd, felly doedd dim munud o lonydd i'w gael. Yn amlach na pheidio fe fyddai yna ben bach neu ddau'n sbecian mewn edmygedd dros ddrws y stabl. Roedd hyd yn oed y Sarjant Blwmin yn dod i'r stabl i fy llygadu'n frwd, a phan na fyddai neb arall o gwmpas fe ddôi i oglais fy nghlustiau a'm gên, gan ddweud, 'Ew, rwyt ti'n dipyn o foi, yn dwyt?

Chwip o blwmin ceffyl os gwelais i un erioed. Brysia di wella rŵan, ti'n clywed?'

Ond gyda threigl amser, wnes i ddim gwella. Un bore allwn i ddim gorffen bwyta fy stwnsh, ac roedd pob sŵn llym – fel rhywun yn cicio bwced neu'n ysgwyd bollt drws stabl – yn gwneud i mi deimlo ar bigau'r drain, ac yn dynn o 'mhen i 'nghynffon. Doedd fy nghoesau blaen ddim yn gweithio fel y dylen nhw. Roedden nhw wedi cyffio ac yn drwm dan flinder; ac fe deimlwn law drom o boen ar hyd asgwrn fy nghefn, a bysedd y llaw yn prysur gropian ar hyd fy ngwddw a'm wyneb.

Fe sylwodd Albert fod rhywbeth o'i le wrth weld fy mod wedi gadael hanner fy mrecwast ar ôl yn y bwced.

'Beth sy'n bod arnat ti, Shoni?' holodd yn bryderus, gan godi'i law i roi mwythau i mi fel y byddai'n ei wneud bob amser pan fyddai'n poeni. Mi fyddai gweld Albert yn dod i roi mwythau i mi fel arfer yn codi fy nghalon, ond heddiw roedd hyd yn oed hynny'n ddigon i 'nychryn, a bagiais oddi wrtho i gornel y stabl.Wrth wneud, sylwais fod fy nghoesau blaen mor dynn ac anystwyth fel mai prin y medrwn symud o gwbl. Baglais am yn ôl, gan ddisgyn yn un swp yn erbyn y wal frics yng nghefn y stabl. 'Ro'n i'n meddwl fod rhywbeth o'i le ddoe,' meddai Albert, gan sefyll yn stond yng nghanol y stabl. 'Doeddet ti ddim yn gant y cant bryd hynny, nag oeddat? Mae dy gefn di mor stiff â darn o bren ac rwyt ti'n chwys domen dail. Be gebyst wyt ti wedi bod yn wneud, yr hen gochyn?' Cerddodd tuag ataf yn araf, ac er bod ei gyffyrddiad yn dal i yrru iasau annifyr drwydda i, sefais yn stond a gadael iddo fy mwytho. 'Efallai dy fod ti wedi dal rhyw glefyd yn ystod dy daith. Wyt ti wedi bwyta rhywbeth gwenwynig, tybed? Ai dyna beth sy'n bod? Ond os felly, mae'n siŵr y basan ni wedi sylwi cyn hyn. Paid â phoeni, mi fyddi di'n iawn, Shoni, ond mi af i nôl yr Uwchgapten Martin, rhag ofn. Beth bynnag sy'n bod, mi wnaiff o roi trefn arnat ti mewn "chwinciad chwannan", fel y byddai Dad yn ei ddweud erstalwm. Sgwn i beth fyddai gan Dad i'w ddweud rŵan petai'n ein gweld ni'n dau yma efo'n gilydd? Doedd yntau ddim yn meddwl y baswn i'n dod o hyd i ti chwaith; dweud fy mod i'n ffŵl yn ymuno â'r fyddin. Hen syniad gwirion, medda fo – mi fyddwn i fwy na thebyg yn cael fy lladd yn y broses. Ond roedd Dad yn ddyn gwahanol, Shoni, ar ôl i ti adael. Roedd o'n gwybod yn iawn ei fod wedi gwneud cam â chdi, ac roedd hynny fel petai wedi sugno'r holl ddrwg allan ohono fo. Roedd fel petai'n ceisio gwneud yn iawn am hynny bob diwrnod. Rhoddodd y gorau i'r sesiynau yfed nos Fawrth, a dechreuodd ofalu am Mam eto, fel yr oedd o'n wneud pan o'n i'n ifanc. Ac roedd o hyd yn oed yn fy nhrin i'n iawn – nid fy nhrin fel rhyw geffyl gwaith.'

Mi wyddwn oddi wrth dôn ei lais fod Albert yn ceisio fy nhawelu, yn union fel yr arferai ei wneud yr holl flynyddoedd hynny'n ôl pan o'n i'n ebol gwyllt ac ofnus. Roedd ei lais wedi fy lleddfu'r adeg honno, ond rŵan allwn i ddim rhwystro fy hun rhag crynu. Roedd pob nerf yn fy nghorff yn dynn ac ro'n i'n anadlu'n drwm. Roedd pob tamaid ohona i'n llawn ofn ac arswyd anesboniadwy. 'Mi fydda i'n ôl mewn munud, Shoni,' meddai Albert.

'Paid ti â phoeni. Mi fyddi di'n iawn. Mi wnaiff yr Uwchgapten Martin dy fendio di – mae'r dyn 'na fel dewin efo ceffylau.' Trodd Albert ar ei sawdl ac i ffwrdd â fo.

Cyn bo hir roedd Albert yn ei ôl efo Eddie, ei ffrind, yr Uwchgapten Martin a'r Sarjant Blwmin, ond dim ond yr Uwchgapten ddaeth i mewn i'r stabl i gael golwg arna i. Roedd y tri arall yn gwyro dros ddrws y stabl yn gwylio. Cerddodd tuag ataf yn araf a gofalus, gan fynd ar ei gwrcwd wrth ymyl fy nghoes flaen i edrych ar y briw. Yna rhedodd ei ddwylo drosof, gan gychwyn wrth fy nghlustiau, yna i lawr fy nghefn hyd at fy nghynffon, cyn cymryd cam yn ôl i edrych arnaf. Ysgydwai ei ben yn drist wrth droi i siarad â'r lleill.

'Wel? Beth dach chi'n feddwl, Sarjant?' gofynnodd yr Uwchgapten.

'Yr un peth â chi, o'r olwg sy arno, syr,' atebodd y Sarjant. 'Mae o'n sefyll yn fan'na fel blocyn o bren, ei gynffon yn sticio allan, a phrin yn gallu symud ei ben. Does dim llawer o amheuaeth, nag oes, syr?'

'Dim,' meddai'r Uwchgapten Martin yn dawel. 'Dim amheuaeth o gwbl. 'Dan ni wedi gweld llawer o hyn yma. Os nad yr hen wifren bigog rydlyd sy'n achosi'r peth, yna'r fflawiau haearn sy'n gyfrifol. Un darn bach sydd ei angen, un ai'n cael ei adael ar ôl yn y corff, neu mewn briw bach – dyna'r cwbl sydd ei angen. Dwi wedi gweld hyn dro ar ôl tro. Mae'n ddrwg iawn gen i, 'ngwas i,' meddai'r Uwchgapten, gan roi ei law yn annwyl ar ysgwydd Albert. 'Mi wn i fod gen ti feddwl y byd o'r ceffyl 'ma. Ond does dim llawer y gallwn ni ei wneud iddo, ac yntau yn y cyflwr yma.'

'Be dach chi'n feddwl, syr?' holodd Albert, â'i lais yn crynu. 'Be yn union dach chi'n feddwl? Be sy'n bod arno fo, syr? Does bosib fod unrhyw beth mawr yn bod arno, nac oes? Roedd o'n iach fel cneuen ddoe, heblaw am fethu gorffen ei fwyd. Rhyw fymryn yn stiff, ella, ond heblaw am hynny roedd o'n iawn.'

'Tetanws sydd arno fo, hogyn,' meddai'r Sarjant Blwmin yn bwyllog. 'Neu'r genglo fel mae rhai'n ei alw. Mae o i'w weld yn blaen arno. Mae'n rhaid bod yr hen friw 'na wedi madru cyn iddo'n cyrraedd ni. Ac unwaith mae'r genglo ar geffyl, does dim llawer o obaith, dim llawer o obaith o gwbl.'

'Ei roi o allan o'i boen yn syth fyddai orau,' meddai'r Uwchgapten Martin. 'Does dim pwrpas gwneud i'r anifail ddioddef. Byddai'n well i ti ac iddo yntau.'

'Na, syr,' protestiodd Albert, yn dal i fethu credu. 'Na, chewch chi ddim, syr. Nid i Shoni. Mae'n rhaid i ni drio rhywbeth. Mae'n rhaid bod rhywbeth y gallwn ni 'i wneud. Allwn ni ddim rhoi ffidil yn y to, syr. Allwch chi ddim. Ddim efo Shoni.'

Cododd Eddie ei lais yn gefnogol. 'Sgiwsiwch fi, syr,' meddai. 'Ond os cofia i'n iawn, pan ddaethon ni yma gynta, dwi'n cofio chi'n dweud wrthon ni ella bod bywyd ceffyl hyd yn oed yn fwy gwerthfawr nag un dyn – does dim drwg mewn ceffyl, meddech chi, heblaw am y drwg mae dyn yn ei roi ynddo fo. Dwi'n eich cofio chi'n dweud mai'n gwaith ni fel corfflu milfeddygol ydi gweithio ddydd a nos, chwe awr ar hugain y diwrnod os oes raid, i helpu pob ceffyl posib – a bod pob ceffyl yn werthfawr ynddo'i hun, ac yn werthfawr i'r rhyfel. Heb geffylau, heb ynnau. Heb geffylau, heb ffrwydron. Heb geffylau, heb wŷr meirch. Heb geffylau, heb ambiwlans. Heb geffylau, heb ddŵr i filwyr y rheng flaen. Asgwrn cefn yr holl ryfel, meddech chi, syr. A dylen ni fyth roi'r ffidil yn y to, meddech chi, oherwydd tra mae bywyd mae gobaith. Dyna be ddywedsoch chi, yntê syr, begio'ch pardwn, syr.'

'Gwylia di dy dafod, hogyn,' meddai'r Sarjant Blwmin yn swta. 'Does gen ti ddim hawl siarad fel'na wrth swyddog. Petai'r Uwchgapten yn meddwl am eiliad bod modd achub yr anifail druan, yna fe fyddai'n gwneud hynny, yn byddech, syr? Dwi'n iawn yn tydw, syr?'

Edrychodd yr Uwchgapten ar y Sarjant am amser hir, gan ystyried yn ofalus, ac yna nodiodd yn araf.

'Iawn, Sarjant. Rydach chi wedi cael dweud eich dweud. Wrth gwrs bod 'na obaith,' meddai'n ofalus. 'Ond unwaith mae rhywun yn dechrau gofalu am geffyl sy'n diodde o'r tetanws, yna mae'n waith llawn amser i un dyn am fis a mwy. Hyd yn oed wedyn, dim ond un siawns mewn mil sy 'na y bydd yn gwella, os hynny.'

'Plîs, syr,' ymbiliodd Albert. 'Os gwelwch yn dda, syr. Fe wna i'r cwbl, a gofalu am weddill fy ngheffylau hefyd, syr. Dwi'n addo, syr.'

'Ac mi wna inna ei helpu fo, syr,' meddai Eddie, 'a'r hogia eraill i gyd hefyd. Dwi'n sicr y byddan nhw'n barod i helpu. Mae Shoni'n ffefryn gan bawb yma, yn enwedig ar ôl iddyn nhw sylweddoli mai Shoni oedd ceffyl Albert adref ar y fferm.'

'Dyna'r ysbryd, 'ngwas i,' meddai'r Sarjant Blwmin. 'Ac

mae'n wir, syr, mae 'na rywbeth arbennig am y ceffyl 'ma, wyddoch chi, ar ôl popeth mae'r cradur wedi'i ddioddef. Gyda'ch caniatâd chi, syr, dwi'n meddwl y dylen ni roi cyfle iddo. Dwi'n rhoi fy ngair i chi na fydd yr un ceffyl arall yn cael cam. Mi fydd popeth fel pìn mewn papur yn y stablau 'ma 'run fath ag arfer.'

Rhoddodd yr Uwchgapten Martin ei ddwylo ar ddrws y stabl. 'Iawn, Sarjant,' meddai. 'Mi rown ni gynnig arni. Dwi'n un sy'n hoffi her. Bydd angen gosod sling yn fan'ma rhag bod y ceffyl yn gallu gorwedd. Os aiff o i lawr, chodith o fyth eto. Ac mi rydw i am i chi roi'r gorchymyn ar led, Sarjant, na chaiff yr un enaid byw godi'i lais yn uwch na sibrydiad yn y buarth. Fydd y ceffyl ddim yn hoffi sŵn – dyna un o effeithiau tetanws. Fe fydd angen gwely o wellt byr, glân – a hwnnw'n ffres bob dydd. Mae angen gorchuddio'r ffenestri er mwyn ei gadw mewn tywyllwch drwy'r amser. A pheidiwch â rhoi dim gwair iddo'i fwyta – gallai dagu arno – dim ond uwd llefrith a cheirch. Fe fydd ei gyflwr yn gwaethygu cyn gwella – os bydd gwella i fod. Fe welwch ei geg yn tynhau bob diwrnod, ond fe fydd yn rhaid iddo ddal i fwyta ac yfed. Os na fydd o'n bwyta nac yn yfed, bydd yn marw. Dwi isio pâr o lygaid yn cadw llygad barcud ar y ceffyl yma o fore gwyn tan nos – sy'n golygu bod yn rhaid cael dyn yma bob awr o bob dydd. Ydi hynny'n glir?'

'Ydi, syr,' meddai'r Sarjant Blwmin, gan wenu fel giât o dan ei fwstásh. 'Ac os ca' i ddweud, syr, dwi'n meddwl eich bod chi wedi gwneud dewis doeth iawn. Fe gychwynnwn ni arni'n syth. Dowch rŵan, tân dani, y ffernols diog. Fe glywsoch chi beth ddywedodd y swyddog, yn do?'

Y diwrnod hwnnw gosodwyd y sling amdanaf a'i glymu o'r trawstiau uwchben er mwyn dal fy mhwysau. Daeth yr Uwchgapten Martin yn ôl i ailagor fy mriw, ei olchi a'i serio. Daeth yn ei ôl bob yn ail awr i gael golwg arnaf. Wrth gwrs, Albert oedd efo fi'r rhan fwyaf o'r amser, gan ddal bwced wrth fy ngheg er mwyn i mi gael sugno'r uwd neu'r llefrith. Gyda'r nos byddai Eddie ac yntau'n cysgu ochr yn ochr yng nghornel y stabl, yn cymryd tro i 'ngwylio bob yn ail.

Bellach, byddai Albert yn siarad â mi gymaint ag y gallai i 'nghysuro, a hynny weithiau nes y byddai'n cwympo i gysgu ar ganol brawddeg. Byddai'n siarad am ei fam a'i dad, ac am y fferm. Clywais hanes y ferch roedd o wedi bod yn ei chanlyn yn y pentref ychydig fisoedd cyn iddo adael am Ffrainc. Doedd hi ddim yn deall y peth cyntaf am geffylau, meddai, ond dyna oedd ei hunig fai.

Llusgodd y dyddiau heibio yn araf ac yn boenus i mi. Lledodd y stiffrwydd o 'nghoesau blaen i'm asgwrn cefn a gwaethygodd y boen. Bob dydd fe fyddai gen i lai a llai o awydd am fwyd, a phrin fod gen i ddigon o egni i sugno'r ychydig fwyd y gwyddwn fod yn rhaid i mi ei fwyta i aros yn fyw. Yn ystod dyddiau tywyllaf fy salwch, y dyddiau hynny pan o'n i'n sicr na fyddwn i'n byw i weld gwawr arall, cwmni cyson Albert oedd yn aildanio'r ewyllys i fyw ynof. Ei ymroddiad a'i ffydd y byddwn yn gwella roddodd y galon i mi ddal ati. Roedd gen i ffrindiau o 'nghwmpas ym mhobman – Eddie a'r holl gynorthwywyr ifanc eraill, Sarjant Blwmin a'r Uwchgapten Martin – roedd pob un ohonyn nhw'n gefn mawr i mi. Mi wyddwn i gymaint roedden nhw i gyd eisiau fy ngweld i'n gwella; er, weithiau, ro'n i'n amau mai dim ond eisiau i mi wella ar gyfer Albert oedden nhw, gan eu bod i gyd yn meddwl y byd ohono. Ond wrth edrych yn ôl, dwi'n siŵr eu bod nhw'n gofalu ac yn gobeithio'r gorau er lles y ddau ohonon ni, fel petaen ni'n frodyr iddyn nhw.

Yna, un noson o aeaf ar ôl wythnosau poenus yn y sling, teimlais fy llwnc yn llacio, ac yna fy ngwddw, nes mod i'n gallu gweryru'n dawel am y tro cyntaf. Roedd Albert yn eistedd yng nghornel y stabl fel arfer, ei gefn yn erbyn y wal a'i goesau wedi'u codi er mwyn iddo bwyso'i benelinau arnyn nhw. Roedd ei lygaid ynghau, felly dyma fi'n gweryru'n dawel eto ac roedd hynny'n ddigon i ddeffro Albert ar ei union. 'Chdi wnaeth y sŵn 'na, Shoni?' gofynnodd, gan godi ar ei draed. 'Chdi wnaeth y sŵn 'na, yr hen gochyn? Gwna fo eto, Shoni, rhag ofn mai dim ond breuddwydio o'n i. Gwna fo unwaith eto!' A dyma fi'n gwneud, gan godi fy mhen a'i ysgwyd am y tro cyntaf ers wythnosau. Fe glywodd Eddie hefyd, ac roedd hwnnw ar ei draed mewn chwinciad yn gweiddi dros ddrws y stabl ar i bawb ddod i weld. Cyn pen dim roedd y stabl yn llawn o filwyr cyffrous. Gwthiodd y Sarjant Blwmi, bawb o'r ffordd a dod i sefyll o 'mlaen.

'Mae 'na orchymyn ar led i neb godi'i lais yn uwch na sibrydiad, ac nid blwmin sibrwd oedd y twrw 'na glywais i rŵan. Be gebyst sy'n bod? Be 'di'r holl halibalŵ?'

'Mi symudodd Shoni, Sarj,' meddai Albert. 'Mi symudodd ei ben yn hawdd, a gweryru.'

'Wel do siŵr iawn, 'ngwas i,' meddai'r Sarjant Blwmin. 'Wrth gwrs 'i fod o. Mi fydd y cradur 'ma'n iawn. Yn union fel y dywedais i, yntê? Mi ddywedais i, yn do? Oes 'na un ohonoch chi lembos wedi 'ngweld i'n anghywir erioed? Wel?'

'Naddo, erioed, Sarj,' meddai Albert, yn wên o glust i glust. 'Mae o'n gwella, tydi, Sarj? Nid y fi sy'n dychmygu, nage?'

'Nage wir, hogyn,' meddai'r sarjant. 'Mi fydd dy Shoni di'n iawn, 'mond i ni ei gadw'n dawel, a pheidio'i ruthro. Wel, os bydda i'n giami ryw dro, gobeithio y bydd gen i gymaint o nyrsys yn gofalu amdana i ag mae'r ceffyl 'ma wedi'i gael. Ond mae 'na un peth – mi fyddai'n rhaid i'n nyrsys i fod dipyn deliach na chi, hogia bach!'

O fewn dim o dro roedd y tyndra wedi llacio o 'nghoesau ac o 'nghefn unwaith ac am byth. Cefais fy nhynnu o'r sling a'm harwain allan i'r buarth ar fore braf o wanwyn. Roedd honno'n orymdaith a hanner. Albert oedd yn fy arwain wysg ei gefn, gan sgwrsio'n dawel yn fy nghlust yr holl ffordd. 'Ti wedi'i gwneud hi, Shoni. Ti wedi'i gwneud hi. Mae pawb yn dweud y bydd y rhyfel yn dod i ben cyn bo hir – do, rydan ni wedi bod yn dweud hynna ers hydoedd, ond mi alla i deimlo hynny ym mêr fy esgyrn y tro 'ma. Mi fydd y cyfan ar ben ac mi gawn ni'n dau fynd adref, yn ôl i'r fferm. Dwi methu aros i weld yr olwg ar wyneb Dad pan ddo' i â chdi i lawr lôn y fferm. Alla i jest ddim aros.'

PENNOD 19

Ond ddaeth y rhyfel ddim i ben. A dweud y gwir, roedd fel petai'n symud yn nes nag erioed aton ni, a gallem glywed dwndwr bygythiol y gynnau unwaith eto. Ro'n i bron yn holliach bellach, ac er fy mod i'n dal yn wan ar ôl y salwch ro'n i'n cael gwneud gwaith ysgafn o gwmpas y buarth. Ro'n i'n gweithio fel un o bâr wrth gludo gwair a phorthiant o'r orsaf agosaf, neu wrth dynnu'r drol tail o gwmpas y buarth. Ond ro'n i'n teimlo fel newydd ac yn eiddgar i weithio'n galetach.

Wrth i'r wythnosau wibio heibio mi deimlwn fy nghoesau a'm 'sgwyddau'n pesgi, ac oherwydd hynny ro'n i'n gallu gweithio am fwy o oriau yn yr harnais. Roedd y Sarjant Blwmin wedi dweud bod yn rhaid i Albert aros efo fi tra byddwn i'n gweithio, felly prin ein bod ni ar wahân o gwbl. Ond o dro i dro fe fyddai Albert, fel bob un o'r cynorthwywyr eraill, yn cael ei hel i'r rheng flaen efo wagen y milfeddyg i nôl y ceffylau clwyfedig. Ar yr adegau hynny byddwn yn poeni amdano ac yn aros â 'mhen dros ddrws y stabl nes y clywn yr olwynion yn atseinio ar gerrig y buarth a gweld ei law yn chwifio'n llawen wrth iddo ddod drwy'r porth.

Fe es innau'n ôl i'r rhyfel ymhen amser, yn ôl i'r rheng flaen, yn ôl i ganol swnian aflafar a rhuo'r sielio – synau ro'n i wedi gobeithio na chlywn i mohonyn nhw fyth eto. Ro'n i'n iach fel cneuen erbyn hyn, ac yn gannwyll llygad yr Uwchgapten Martin a'i ddynion. Yn amlach na pheidio, fi fyddai'n cael bod yn geffyl blaen wrth arwain y wedd tandem a dynnai'r wagen filfeddygol yn ôl ac ymlaen i'r rheng flaen. Ond roedd Albert wastad efo fi, felly doedd dim ofn y gynnau arna i mwyach. Fel yr hen Talfryn gynt, roedd Albert yn synhwyro bod angen cysur cyson arna i o dro i dro, a'r sicrwydd o wybod ei fod yno'n fy ngwarchod. Roedd ei lais addfwyn a'i chwibanu ysgafn yn tawelu fy meddwl wrth i'r sieliau ddisgyn.

Byddai Albert yn sgwrsio bymtheg y dwsin yr holl ffordd yno ac yn ôl i 'nghysuro i. Weithiau mi fyddai'n sôn am y rhyfel. 'Mae Eddie'n dweud ei bod hi bron ar ben ar yr hen Jeri – ei fod o wedi chwythu'i blwc,' meddai un diwrnod tanbaid o haf wrth i ni basio rhes ar ôl rhes o filwyr yn mynd i'r rheng flaen. Hen gaseg lwyd a arferai gario dŵr i'r milwyr oedd yn cael ei chario yn ein wagen ni y diwrnod hwnnw. Roedd y milwyr wedi'i hachub a hithau'n un swp truenus yn y llaid. 'Chwarae teg, mae Jeri wedi rhoi dau dro am un i ni, ymhellach i fyny yn y rheng. Ond mae Eddie'n dweud mai honna oedd eu hymdrech ola nhw, ac unwaith bydd yr Iancis wedi dod i arfer brwydro, a ninnau'n gallu dal ein tir, fe all y cwbl fod drosodd erbyn y Nadolig. Dwi'n gobeithio'i fod o'n iawn, Shoni. Mae o fel arfer – mae gen i barch mawr at yr hyn sy gan Eddie i'w ddweud, fel pawb arall yma.'

Ac weithiau byddai'n sôn am ei gartref, ac am ei gariad yn y pentref. 'Myfi ydi'i henw hi, Shoni. Mae hi'n gweithio mewn parlwr godro, wyddost ti. Ac mae hi'n pobi bara. O Shoni, dydw i erioed wedi blasu bara cystal ag un Myfi erioed, ac mae hyd yn oed Mam yn dweud mai'i phasteiod hi ydi'r rhai gorau yn yr holl blwy. Mae Dad yn dweud ei bod hi'n rhy dda i mi, ond tydi o ddim yn golygu hynny go iawn. Dweud hynny i 'mhlesio fi mae o. Ac mae'i llygaid hi'n las Shoni, cyn lased â'r môr, a'i gwallt fel aur, a'i chroen hi'n ogleuo fel gwyddfid – heblaw pan fydd newydd ddod o'r parlwr godro. Dwi'n cadw led braich oddi wrthi bryd hynny. Dwi wedi dweud dy hanes di i gyd wrthi hi, Shoni. Ac wsti be? Hi oedd yr unig un, yr unig un, oedd yn meddwl mod i'n gwneud y peth iawn yn dod yma i drio dod o hyd i ti. Doedd hi ddim am fy ngweld i'n mynd, nag oedd wir. Roedd hi'n torri'i chalon yn yr orsaf wrth i mi adael, felly mae'n rhaid ei bod hi'n fy ngharu i ryw fymryn, yn tydi? Tyrd rŵan, yr hen gochyn, dweda rywbeth. Dyma'r unig beth sy gen i'n dy erbyn di, Shoni – rwyt ti'n gwrando'n well na neb arall dwi'n nabod, ond does gen i byth syniad be gebyst sy'n mynd drwy'r hen feddwl 'na. Ti'n gwneud dim ond ysgwyd dy glustiau ac agor a chau'r llygaid mawr 'na. Biti nad wyt ti'n medru siarad, Shoni. Biti mawr.'

Yna, un noswaith, daeth newyddion ofnadwy o'r rheng flaen – neges i ddweud bod Eddie, ffrind gorau Albert, wedi'i ladd. Eddie a'r ddau geffyl oedd yn tynnu'r wagen y diwrnod hwnnw. 'Damwain oedd hi,' meddai Albert wrth gario gwair i mi y noson honno. 'Un o'r sieliau wedi crwydro – mi ddaeth o nunlle, a dyna ni, mae o wedi mynd. Mi fydd gen i hiraeth ar ei ôl o, Shoni. Mi fyddwn ni'n dau yn hiraethu amdano, yn byddwn?' A dyma fo'n eistedd yn llipa yng nghanol y gwair yng nghornel y stabl.

'Wyddost ti be oedd gwaith Eddie cyn dod i'r rhyfel, Shoni? Roedd o'n berchen ar drol ffrwythau yn Llundain, y tu allan i Covent Garden. O, roedd o'n meddwl y byd ohonot ti, Shoni. Mi ddywedodd wrtha i sawl gwaith. Ac mi ofalodd o amdana i, fel petawn i'n frawd iddo. Ugain oed, dim ond ugain oed. Ei holl fywyd o'i flaen, a'r cwbl yn wastraff rŵan, o achos un sièl strae.

'Wyddost ti beth roedd o'n arfer ei ddweud wrtha i, Shoni? Byddai'n dweud, "Wel, o leia os a' i, fydd 'na neb ar ôl i 'ngholli i. Dim ond y drol ffrwythau – ac alla i ddim mynd â honno efo fi i le gwell, gwaetha'r modd!" Ew, roedd o'n falch o'r drol 'na. Dangosodd lun i mi unwaith ohono fo'n sefyll o'i blaen hi; roedd hi wedi'i pheintio'n ddigon o sioe, a'r ffrwythau wedi'u pentyrru'n uchel arni, ac Eddie'n sefyll yno â gwên fel banana ar ei wyneb.' Cododd Albert ei ben a sychu'i ddagrau. Roedd ei lais yn grug. 'Dim ond chdi a fi sydd ar ôl rŵan, Shoni, a dwi'n dweud wrthat ti, 'dan ni'n mynd adre – y ddau ohonon ni. Dwi'n mynd i ganu clychau'r eglwys unwaith eto, a chael bwyta bara a phasteiod bendigedig Myfi eto, a dy farchogaeth di at yr afon eto. Roedd Eddie'n dweud o hyd ei fod o'n sicr rywsut y byddwn i'n cael mynd adref, ac roedd o'n iawn. Mi wna i'n siŵr ei fod o'n iawn.'

Fe ddaeth y rhyfel i ben yn sydyn – yn annisgwyl, bron, i'r dynion o 'nghwmpas i. Doedd dim llawer o lawenydd, dim llawer o ddathlu, dim ond rhyddhad anhygoel fod y cwbl wedi dod i ben o'r diwedd. Roedd criw o ddynion hapus wedi dod at ei gilydd yng nghanol y buarth ar y bore oer hwnnw o Dachwedd, ond trodd Albert ar ei sawdl o'u canol a cherdded draw ataf i i gael sgwrs. 'Mewn pum munud, mi fydd y cwbl ar ben, Shoni. Y cwbl ar ben. Mae'r Jeri wedi cael llond bol, 'run fath â ni. Does na neb isio i hyn fynd yn ei flaen. Am un ar ddeg o gloch mi fydd y gynnau'n tawelu, a dyna ni. Dim mwy o ryfela. Mi faswn i'n rhoi unrhyw beth i gael Eddie yma efo fi i weld hyn.'

Doedd Albert ddim wedi bod yr un fath ers marwolaeth Eddie. Fedrwn i ddim cofio'r tro olaf i mi ei weld yn gwenu, na'i glywed yn tynnu coes, ac fe fyddai'n aml yn ddistaw am amser hir pan fyddai efo fi. Bellach doedd o ddim yn canu, doedd o ddim yn chwibanu. Ro'n i'n gwneud fy ngorau glas i'w gysuro, gan orffwys fy mhen ar ei ysgwydd neu weryru'n dawel, ond doedd dim byd yn tycio. Doedd hyd yn oed clywed bod y rhyfel ar ben ddim yn ddigon i godi'i galon. Canodd cloch y porth un ar ddeg o weithiau, a safai'r dynion yn ysgwyd dwylo â'i gilydd yn dawel cyn dychwelyd i'r stablau.

Byddai'r fuddugoliaeth yn profi'n un chwerw iawn i mi, ond i ddechrau doedd fawr ddim o newid ar ôl i'r rhyfel orffen. Roedd pawb yn dal i weithio yn yr ysbyty a stablau'r milfeddyg fel erioed, ac roedd y llif o geffylau gwael a chlwyfedig fel petai'n cynyddu yn hytrach na lleihau. O giatiau'r buarth gallem weld y rhesi di-ben-draw o filwyr yn gorymdeithio'n llon tuag at yr orsaf drên, a gwelsom y tanciau a'r gynnau mawr a'r wagenni i gyd yn mynd tuag adref. Ond cawsom ni ein gadael ar ôl. Roedd Albert, fel yr holl ddynion eraill, yn dechrau colli amynedd. Roedd pawb ar bigau'r drain eisiau cael mynd adref, a hynny cyn gynted â phosib.

Roedd yr orymdaith foreol yn dal i gael ei chynnal ar ganol y buarth bob bore, a'r Uwchgapten Martin yn dal i archwilio'r holl geffylau a'r stablau. Ond un bore diflas, a hithau'n bwrw glaw mân nes bod y coblau'n disgleirio yng ngolau cynta'r dydd, wnaeth yr Uwchgapten ddim archwilio'r stablau yn ôl ei arfer. Safodd o flaen y dynion i gyhoeddi'r cynulliau ar gyfer hwylio adref. 'Felly, gyda thipyn o lwc, fe fyddwn ni yng nghorsaf Victoria, Llundain, am chwech o'r gloch nos Sadwrn, a mwya thebyg mi fyddwch chi i gyd adref erbyn y Nadolig,' meddai gan ddirwyn ei ddatganiad byr i ben.

'Caniatâd i siarad, syr,' mentrodd y Sarjant Blwmin.

'Ymlaen â chi, Sarjant.'

'Wel, ynglŷn â'r ceffylau, syr,' meddai'r Sarjant. 'Dwi'n meddwl bod pawb yn awyddus i wybod beth fydd yn digwydd i'r ceffylau. Fyddan nhw'n croesi ar yr un llong â ni, syr? Neu'n ein dilyn yn nes ymlaen?'

Dechreuodd yr Uwchgapten symud ei draed yn anghysurus a syllu ar y llawr. Siaradodd yn dawel fel pe na bai'n anfodlon i unrhyw un ei glywed. 'Na, Sarjant,' meddai. 'Mae gen i ofn na fydd y ceffylau'n dod efo ni.' Cododd murmur o brotest o gyfeiriad y milwyr.

'Yr hyn dach chi'n ei feddwl, syr,' meddai'r Sarjant yn ofalus, 'ydi y byddan nhw'n ein dilyn ni'n nes ymlaen, ia? Ar long hwyrach?'

'Nage, Sarjant,' meddai'r Uwchgapten, gan daro'i ochr yn ddiamynedd â'i ffon, 'nid dyna dwi'n ei olygu. Mae'n union fel y dywedais i – fydd y ceffylau ddim yn dod efo ni o gwbl. Mi fydd y ceffylau'n aros yn Ffrainc.'

'Yma, syr?' meddai'r Sarjant. 'Ond sut, syr? Pwy fydd yn gofalu amdanyn nhw? Mae 'na ambell un yma sydd angen gofal cyson.'

Nodiodd yr Uwchgapten heb godi'i lygaid i edrych ar y dynion. 'Wnewch chi ddim hoffi'r hyn sydd gen i i'w ddweud wrthoch chi,' meddai. 'Mae arna i ofn bod penderfyniad wedi'i wneud i werthu llawer o geffylau'r fyddin yma yn Ffrainc. Mae'r holl geffylau yma un ai'n wael neu wedi bod yn wael. Mae'r awdurdodau'n credu nad ydyn nhw'n werth ei cludo adref. Y gorchymyn rydw i wedi'i dderbyn ydi i gynnal ocsiwn yn y buarth yma bore fory. Mae 'na hysbysebion wedi'u gosod yn y trefi cyfagos. Bydd y ceffylau'n cael eu gwerthu yn yr ocsiwn.'

'Eu gwerthu mewn ocsiwn, syr? Ein ceffylau ni'n gorfod mynd dan y morthwyl, ar ôl popeth maen nhw wedi'i ddioddef?' meddai'r Sarjant, gan geisio rheoli'i dymer. 'Ond mi wyddoch be mae hynny'n ei olygu, syr? Mi wyddoch yn iawn be ddigwyddith?'

'Gwn, Sarjant,' meddai'r Uwchgapten Martin. 'Mi wn yn iawn be ddigwyddith iddyn nhw, ond does dim dewis gen i. Rydan ni yn y fyddin, Sarjant, a dwi'n siŵr nad oes raid i mi'ch atgoffa chi mai gorchymyn ydi gorchymyn.'

'Oni mi wyddoch be ddaw ohonyn nhw,' meddai'r Sarjant Blwmin wedyn, fel ci ag asgwrn, gan fethu cuddio'r atgasedd yn ei lais. 'Mae miloedd o'n ceffylau ni yma yn Ffrainc, syr, a phob un wedi gweld maes y gad. Ydach chi'n dweud wrtha i, ar ôl yr hyn maen nhw i gyd wedi'i ddioddef, a'r holl ofal rydan ni wedi'i roi iddyn wedyn – a chithau, syr – mai dyna fydd eu hanes nhw? Alla i ddim coelio'r peth.'

'Mae arna i ofn mai dyna ydi'u penderfyniad nhw,' meddai'r Uwchgapten yn swta. 'Ac alla i ddim gwadu, Sarjant, mai dyna fydd tynged rhai ohonyn nhw. Ac mae ganddoch chi bob hawl i fod yn flin, pob hawl. Tydw i ddim yn hapus am y peth fy hun, fel y gallwch chi ddychmygu. Ond erbyn yr adeg yma fory mi fydd y rhan fwyaf o'r ceffylau wedi'u gwerthu, a ninnau'n ei throi hi am adref drennydd. Ac fel y gwyddoch chi, Sarjant, does 'na ddim byd y galla i ei wneud ynghylch y peth.'

Daeth llais Albert yn glir fel cloch ar draws y buarth. 'Be? Pob un ohonyn nhw, syr? Pob un wan jac? Hyd yn oed Shoni, a ddaeth yn ôl o farw'n fyw, diolch i'n gofal ni? Hyd yn oed y fo?'

Ddywedodd yr Uwchgapten Martin yr un gair, dim ond troi ar ei sawdl a cherdded i ffwrdd.

PENNOD 20

Roedd rhyw awyrgylch o gynllwynio penderfynol ar y buarth y diwrnod hwnnw. Roedd y dynion yn sefyllian mewn grwpiau yn eu cotiau glaw gwlyb diferol, eu coleri wedi'u codi i atal y diferion rhag llifo i lawr eu gwarrau, gan siarad â'i gilydd mewn lleisiau isel, difrifol. Prin roedd Albert wedi edrych arna i gwbl, heb sôn am ddod i siarad efo fi. Rhuthrodd drwy'r drefn arferol o garthu'r stablau, cario gwair a 'nhwtio i mewn distawrwydd dwys. Ro'n i, a phob ceffyl arall yn y stablau, wedi deall ein bod dan fygythiad. Roedd y gofid yn fy nghorddi'n arw.

Roedd fel petai rhyw gysgod bygythiol wedi tywyllu'r buarth y bore hwnnw, a doedd yr un ohonon ni'n gallu setlo yn ein stablau. Wrth i ni gael ein tywys allan i gael ychydig o ymarfer corff, roedden ni i gyd ar bigau'r drain fel ebolion blwydd, ond doedd gan Albert na'r un o'r dynion eraill iotyn o amynedd efo ni. Rhoddodd Albert blwc hegar ar fy mhenffrwyn i, hyd yn oed – rhywbeth nad oedd o erioed wedi'i wneud o'r blaen.

Y noson honno roedd y dynion yn dal wrthi'n siarad, ac roedd y Sarjant Blwmin yn eu plith erbyn hyn. A dyna lle roedden nhw, yn un cylch ar ganol y buarth a'r gwyll yn cau amdanynt. Yng ngolau ola'r dydd mi welwn ddarnau o arian yn sgleinio yn eu dwylo. Cariai'r sarjant focs bach tun, ac wrth i hwnnw gael ei basio o law i law, fe glywn dincial yr arian yn disgyn i'w waelod. Roedd y glaw wedi peidio erbyn hyn, a gallwn glywed llais dwfn y Sarjant Blwmin yn cario ar draws y buarth. 'Dyna'r gorau y gallwn ni neud, hogia,' meddai. 'Dydi o'n ddim llawer, ond does gynnon ni ddim mwy i'w roi, nag oes? Does 'na neb yn mynd i neud ei ffortiwn yn yr hen armi 'ma. Fel y soniais i, y fi fydd yn bidio – yndi, mae hynny yn erbyn y rheolau, ond dwi am wneud 'run fath. Ond cofiwch rŵan, tydw i'n addo dim.' Tawelodd am ennyd a tharo cipolwg sydyn dros ei ysgwydd cyn ychwanegu, 'Ddylwn i ddim dweud hyn wrthoch chi – mi gefais fy siarsio gan yr Uwchgapten ei hun, a fydda i byth fel arfer yn gwrthod dilyn ordors swyddogion – ond mae'r rhyfel wedi dod i ben, ac roedd yr hyn ddwedodd o'n fwy o gyngor nag o ordors, a dweud y gwir. Felly dwi am ddweud wrthoch chi oherwydd tydw i ddim isio i chi gasáu'r Uwchgapten, a hynny ar gam.

'Mae o'n gwbod yn union be 'di'n cynlluniau ni. A deud y gwir, ei syniad o oedd y cyfan. Fo ddeudodd wrtha i am awgrymu'r cynllun i chi. Ac yn fwy na hynny, hogia, mae o wedi rhoi pob ceiniog o'i gynilion ei hun i ni – pob ceiniog. Doedd hynny ddim yn llawer iawn chwaith, ond mae pob ceiniog yn help. Rŵan, does dim rhaid dweud ddwywaith nad ydi hyn i fynd ddim pellach na'r buarth 'ma. Tasa rhywun yn dod i wybod am hyn, mi fasa hi'n blwmin ta-ta ar y Uwchgapten – a ninna i gyd i'w ganlyn. Felly taw pia hi, iawn?'

'Oes gynnoch chi ddigon, Sarj?' Ro'n i'n adnabod llais Albert yn syth.

'Oes, gobeithio, 'ngwas i,' meddai'r Sarjant Blwmin, gan ysgwyd y tun. 'Rŵan, pawb i'w gwlâu i drio cysgu. Dwi isio gweld pob un wan jac ohonoch chi ffernols diog ar eich traed cyn codi cŵn Caer fory, a phob ceffyl yn edrych ar ei blwmin orau. Maen nhw'n haeddu gymaint â hynny, tydyn hogia?'

Ac ar hynny dechreuodd y dynion wasgaru fesul dau neu dri, eu hysgwyddau wedi'u crymu yn yr oerfel a'u dwylo'n ddwfn yn eu pocedi. Dim ond un dyn oedd ar ôl ar y buarth. Safodd am eiliad yn syllu ar y sêr cyn cerdded tuag at fy stabl. Ro'n i'n adnabod cerddediad Albert ar unwaith – roedd osgo ffermwr ganddo bellach, y ddwy ben-glin ddim cweit yn sythu ar ôl pob cam. Pwysodd ei freichiau ar ddrws y stabl a chodi'i gap. 'Dwi wedi gwneud gymaint ag y galla i, Shoni,' meddai. ''Dan ni i gyd wedi gwneud hynny. Dwi ddim am ddweud rhagor wrthat ti; mi wn i y basat ti'n deall pob gair ac yn gwneud dim ond poeni drwy'r nos. A'r tro yma, alla i ddim rhoi fy ngair i ti fel y gwnes i ar ôl i Dad dy werthu di i'r fyddin. Alla i ddim addo, Shoni, achos 'dwn i ddim fedra i gadw at fy ngair. Dwi wedi gofyn i'r hen Blwmin am help ac mae yntau wedi gwneud cymaint ag y gallith o. Mi ofynnais i'r Uwchgapten am help, ac mae yntau hefyd wedi addo helpu, a dwi newydd gael gair bach efo Duw, gan mai Fo sydd â'r gair olaf. Dwi'n cofio'r hen Mrs Owen yn dweud wrtha i yn yr Ysgol Sul erstalwm: "Mae Duw yn helpu'r rhai sy'n helpu'u hunain". Hen gyrbiban flin oedd honno, ond roedd hi'n deall ei Beibl tu chwith allan. Bendith arnat ti, Shoni. Cysga'n dawel.' Ac ar hynny dyma Albert yn mwytho 'nhrwyn i a rhwbio'r ddwy glust cyn troi a 'ngadael i ar fy mhen fy hun yn nhywyllwch y stabl. Dyna'r tro cyntaf iddo sgwrsio'n annwyl efo fi ers y diwrnod y lladdwyd Eddie, ac roedd ei glywed yn siarad yn cynhesu fy nghalon.

Torrodd y wawr yn llachar y tu ôl i gloc y porth, gan daflu cysgodion hir a main y coed poplys ar hyd cerrig y buarth, a'r rheiny'n disgleirio dan haenen o farrug. Roedd Albert wedi codi efo'r lleill cyn caniad yr utgorn, ac erbyn i'r prynwyr cyntaf gyrraedd yno yn eu troliau a'u ceir ro'n i wedi cael bwyd a diod ac roedd fy nghôt wedi cael y ffasiwn sgwrfa nes ei bod yn pefrio'n goch yn haul y bore wrth i mi gael fy nhywys allan i'r buarth.

Roedd y prynwyr i gyd wedi ymgasglu yng nghanol y buarth, ac ro'n i, a phob ceffyl oedd yn gallu cerdded, yn cael ein tywys mewn gorymdaith o amgylch y buarth, cyn cael ein harwain allan fesul un i wynebu'r ocsiwnïar a'r prynwyr. Sefais yn y stablau gan wylio pob ceffyl yn y buarth yn cael ei werthu. Y fi, mae'n debyg, fyddai'r olaf. Dechreuais chwysu wrth i hen atgofion am fod mewn ocsiwn erstalwm lifo'n ôl, ond gorfodais fy hun i gofio am lais addfwyn Albert y noson cynt, a chyn bo hir roedd fy nghalon wedi stopio curo fel drwm. Pan ddaeth Albert i'm nôl i a'm tywys allan i'r buarth ro'n i'n dawel ac yn cerdded yn rhwydd. Roedd gen i bob ffydd yn Albert wrth iddo fwytho fy nghwddw'n dyner a sibrwd yn fy nghlust.

Mi allwn weld a chlywed cymeradwyaeth y prynwyr wrth i Albert fy nhywys mewn cylch tyn, cyn oedi o'r diwedd o flaen rhesi ar resi o wynebau crebachlyd coch a llygaid barus, awchus. Ac yna, yng nghanol hetiau a chotiau blêr y prynwyr, gwelais ffigur llonydd, tal y

Sarjant Blwmin, yn sefyll yno ben ac ysgwyddau uwchben pawb a phob aelod o'r uned filfeddygol yn sefyll yn un rhes eiddgar ar hyd y wal. O'r diwedd, dechreuodd y bidio.

Ro'n i'n amlwg yn boblogaidd gan i'r bidio ddechrau'r syth, ond wrth i'r pris godi fe welwn fwy a mwy o'r dynion yn ysgwyd eu pennau. Cyn pen dim, dim ond dau fidiwr oedd ar ôl. Un oedd yr hen Blwmin, oedd yn cyffwrdd ymyl ei gap â'i ffon i fidio, fel salíwt bron â bod; hen ddyn bach, eiddil oedd y llall, gyda llygaid fel gwenci a gwên fawr faleisus a barus ar ei wyneb. Prin y gallwn edrych arno fo o gwbl wrth i'r pris ddal i godi. 'A dyna ni ar bump ar hugain, ar chwech ar hugain, saith ar hugain ar y dde. Bid o saith ar hugain, saith ar hugain ydi'r bid. Rhywun arall? Neb arall? Fel y gwelwch chi, mae o'n anifail ifanc anhygoel, yn tydi? Mae o werth mwy na hyn, llawer mwy na hyn. Oes rhywun am gynnig mwy i mi, os gwelwch yn dda?' Ond roedd y Sarjant yn ysgwyd ei ben, gan edrych ar ei draed fel petai'n gwybod ei fod wedi'i drechu.

'O Dduw mawr,' sibrydodd Albert wrth f'ymyl. 'Duw annwyl, nid y *fo*. Mae o'n un ohonyn nhw, Shoni. Mae o wedi bod yn prynu drwy'r bore. Mae'r hen Sarjant Blwmin yn dweud mai fo ydi'r cigydd o Cambrai. Plîs Duw, na!'

'Wel iawn felly, os nad oes gan neb arall unrhyw gynnig, neb am fidio eto, mi fydda i'n gwerthu'r ceffyl i Monsieur Cirac o Cambrai am ddau ddeg saith o bunnau Seisnig. Ai dyna'r cwbl? Dyna ni felly, dwi'n gwerthu am ddau ddeg saith. Unwaith, ddwywaith ... '

'Dau ddeg wyth,' meddai llais o ganol y prynwyr, a gwelais ei fod yn eiddo i hen ddyn penwyn a bwysai'n drwm ar ei ffon. Roedd o'n ymlwybro ymlaen yn araf drwy'r dorf nes ei fod yn sefyll o flaen pawb. 'Rydw i'n cynnig dau ddeg wyth o bunnau,' meddai'r hen ddyn mewn Saesneg trwsgl. 'Ac mi fydda i'n dal i gynnig mor hir ac mor uchel ag sydd ei angen, felly dwi'n eich cynghori chi, syr,' meddai gan droi a wynebu'r cigydd o Cambrai, 'dwi'n eich cynghori chi i beidio â cheisio bidio'n uwch na fi. Am y ceffyl yma rydw i'n barod i dalu canpunt os oes raid. Fi, a dim ond fi, fydd yn cael y ceffyl yma. Ceffyl Emilie ydi hwn. Ei cheffyl hi ydi o trwy hawl.'

Cyn iddo ddweud ei henw hi, do'n i ddim yn sicr a oedd fy llygaid a 'nghlustiau'n chwarae triciau arna i. Do'n i ddim wedi'i weld ers blynyddoedd maith, ac roedd ei lais yn llawer gwannach erbyn hyn. Ond ar ôl iddo ddweud enw Emilie, ro'n i'n sicr. Hwn yn wir oedd taid Emilie, yr hen ddyn yma oedd sefyll o 'mlaen i, ei geg yn ffyrnig o benderfynol, yn gwgu ar bawb, yn herio unrhyw un i fentro cynnig yn uwch. Ddywedodd neb yr un gair. Ysgydwodd y cigydd o Cambrai ei ben a throi'i gefn. Roedd hyd yn oed yr ocsiwnïar wedi'i syfrdanu ac yn sefyll yno'n gegrwth, cyn cofio o'r diwedd lle roedd o, a tharo'r morthwyl yn gadarn ar y bwrdd er mwyn fy ngwerthu.

PENNOD 21

Roedd golwg o siom digalon ar wyneb y Sarjant Blwmin wrth iddo ef a'r Uwchgapten Martin fynd draw i siarad efo taid Emilie ar ôl yr ocsiwn. Roedd y buarth yn wag o geffylau erbyn hyn a'r prynwyr i gyd yn gyrru oddi yno. Safai Albert a'i ffrindiau o 'nghwmpas, pob un yn cydymdeimlo ac yn ceisio codi calon Albert.

'Does dim angen i ti boeni, Albert,' meddai un ohonyn nhw. 'Wedi'r cwbl, mi fasa pethau'n gallu bod llawer gwaeth, yn basan? Mae mwy na hanner y ceffylau 'na yn bendant wedi'u gwerthu i'r cigyddion. O leia 'dan ni'n gwybod y bydd Shoni'n saff efo'r hen ffermwr 'na.'

'Sut wyt ti'n gwybod mai ffermwr ydi o?' holodd Albert.

'Mi glywais i o'n deud wrth yr hen Blwmin, yn do? Deud oedd o bod ganddo fo fferm i lawr yn y dyffryn, ac na fyddai raid i Shoni weithio'r un diwrnod eto tra bydd o byw. Roedd o'n paldaruo am ryw hogan o'r enw Emilie neu rywbeth. Do'n i ddim yn deall hanner beth oedd o'n ddeud, cofia.'

'Dwn i ddim be i feddwl ohono fo,' meddai Albert. 'Swnio fel bod y cradur ddim chwarter call. "Ceffyl Emilie trwy hawl" – pwy bynnag ydi'r hogan 'ma – dyna ddywedodd o, yntê? Be gythraul mae hynna'n ei feddwl? Dim ond y fyddin sydd â hawl ar Shoni, ac os nad y fyddin, yna fi sy'n berchen arno fo.'

'Pam na ofynni di iddo fo dy hun, Albert?' meddai un arall o'r dynion. 'Dyma dy gyfle di rŵan – mae o'n dod draw 'ma efo'r Sarj a'r Uwchgapten.'

Safai Albert gyda'i fraich o dan fy ngên a'i law yn estyn i gosi 'nghlust i, yn fy hoff le. Ond wrth i'r Uwchgapten agosáu symudodd ei law, sythu'i gefn a saliwtio'n smart.

'Esgusodwch fi, syr,' meddai. 'Mi hoffwn i ddiolch o galon i chi am yr hyn wnaethoch chi, syr. Dwi'n ddiolchgar tu hwnt. Nid eich bai chi ydi o nad ydan ni wedi llwyddo, ond diolch yr un fath, syr.'

'Does gen i ddim syniad am beth mae hwn yn siarad,' meddai'r Uwchgapten Martin. 'Wyddoch chi, Sarjant?'

'Dim syniad o gwbl, syr,' meddai'r Sarjant Blwmin. 'Dwi wedi clywed bod hyn yn gallu digwydd i'r hogia fferm 'ma. Maen nhw'n cael eu magu ar gwrw yn lle llefrith, wyddoch chi, syr, ac mae hwnnw'n siŵr o fynd i'w pennau nhw, tydi.'

'Esgusodwch fi, syr,' meddai Albert, gan fethu deall pam oedd y ddau mewn hwyliau mor dda. 'Mi hoffwn i ofyn rhywbeth i'r Ffrancwr, syr, gan mai fo sydd wedi prynu Shoni. Mi hoffwn i ofyn iddo fo be ddywedodd o am yr hogan 'na, Emilie.'

'Mae'n stori hir,' meddai'r Uwchgapten, gan droi i wynebu'r hen ddyn. 'Efallai y byddai'n well i chi ddweud yr hanes wrtho, monsieur? Hwn ydi'r dyn ifanc y buon ni'n sôn amdano, monsieur, yr un gafodd ei fagu ar y fferm efo'r ceffyl, ac a ddaeth yr holl ffordd i Ffrainc i chwilio amdano.'

Safai taid Emilie yno yn edrych yn llym ar fy Albert i

dan ei aeliau gwyn, trwchus ond yna'n sydyn torrodd gwên ar draws ei wyneb a chynigiodd ei law i Albert. Yn llawn syndod, ysgydwodd yntau law yr hen ddyn. 'Wel, ddyn ifanc, mae'n debyg fod gynnon ni'n dau lawer yn gyffredin, er fy mod i'n Ffrancwr a thithau'n Tomi,' meddai. 'Yn amlwg, rydw i'n hen a thithau'n ifanc. Ond mae'r ddau ohonon ni'n caru'r ceffyl 'ma, yn tydan? Roedd y swyddog yn dweud wrtha i dy fod tithau'n ffermio 'nôl yng Nghymru, fel fi. Y gwaith gorau sydd i'w gael, a dwi'n medru dweud hynny ar ôl blynyddoedd lawer o brofiad. Beth fyddwch chi'n ei ffermio acw?'

'Defaid yn bennaf, syr. Ychydig o wartheg, a mochyn neu ddau,' meddai Albert. 'Ac mi fyddwn ni'n aredig y caeau i dyfu barlys hefyd.'

'Felly, ti fuodd wrthi'n hyfforddi'r ceffyl yma i wneud gwaith fferm?' holodd yr hen ŵr. 'Mi wnest di joban dda ohoni, do wir. Dwi'n gallu gweld y cwestiwn yn dy lygaid di cyn i ti ei ofyn, hyd yn oed. Mae dy geffyl di a finnau'n hen ffrindiau, wel'di. Mi ddaeth o i fyw efo ni – o, mae'n amser maith bellach, yn fuan ar ôl i'r rhyfel gychwyn. Mi gafodd o 'i ddal gan yr Almaenwyr, a'i roi ar waith yn tynnu trol yr ambiwlans o'r ysbyty i'r rheng flaen. Roedd 'na geffyl arall efo fo yr adeg honno, clamp o geffyl mawr du crand, ac mi ddaeth y ddau ohonyn nhw i fyw ar ein fferm ni oedd yn agos at ysbyty maes yr Almaenwyr.

Bu Emilie, fy wyres fach, yn gofalu amdanyn nhw ill dau, a daeth i'w caru fel petaen nhw'n deulu iddi. Fi oedd yr unig deulu oedd ganddi ar ôl – roedd y rhyfel wedi cipio'r gweddill. Bu'r ceffylau'n byw efo ni am ryw flwyddyn, fwy neu lai. Roedd yr Almaenwyr yn garedig wrthon ni, ac fe roddon nhw'r ceffylau i ni pan adawson nhw, felly dyna sut y daethon nhw'n geffylau i ni. Ceffylau Emilie a minnau. Yna, un diwrnod, fe ddaeth Almaenwyr gwahanol yn ôl, a doedd y rhain ddim yn garedig fel y lleill. Roedd angen ceffylau arnyn nhw i dynnu'r gynnau mawr, ac felly pan ddaeth hi'n amser iddyn nhw adael, fe aethon nhw â'r ceffylau efo nhw. Fedrwn i wneud dim ynghylch y peth. Ar ôl hynny fe gollodd Emilie'r ewyllys i fyw. Roedd hi'n blentyn gwael yn barod, ond ar ôl colli'i theulu, ac yna colli'i theulu newydd, doedd dim byd ar ôl iddi. Dim cymhelliad i fyw. Roedd hi'n gwywo o flaen fy llygaid a bu farw y llynedd. Dim ond pymtheg oed oedd hi. Ond cyn iddi farw, mynnodd fy mod i'n addo dod o hyd i'r ceffylau rywsut, ac edrych ar eu holau. Dwi wedi bod mewn sawl ocsiwn, ond welais i erioed mo'r ceffyl du. Ond rŵan, o'r diwedd, dyma fi wedi dod o hyd i un ohonyn nhw, i fynd â fo adre, i ofalu amdano, yn union fel yr addewais i Emilie fach.'

Pwysodd ymlaen yn drymach, a'i ddwy law ar ei ffon. Siaradai'n bwyllog, gan ddewis ei eiriau'n ofalus. 'Tomi,' meddai, 'rwyt ti'n ffermwr, ac fe fyddi di'n deall na all yr un ffermwr, boed o'n Brydeinwr, yn Ffrancwr – neu hyd yn oed yn un o wlad Belg – fforddio rhoi unrhyw beth am ddim i neb. Allwn ni ddim fforddio gwneud. Rhaid i ni i gyd fyw. Mae dy Uwchgapten a'r Sarjant wedi dweud wrtha i gymaint rwyt ti'n caru'r ceffyl yma. Fe ddywedson nhw hefyd pa mor galed yr ymdrechodd pob un o'r dynion 'ma i'w brynu. Rydw i'n gweld hynny'n beth bonheddig dros ben. A dwi'n sicr y byddai fy Emilie i wedi hoffi hynny hefyd. Dwi'n siŵr y byddai hi'n deall, ac y byddai hi'n fodlon i mi wneud yr hyn dwi ar fin ei wneud. Rydw i'n hen ddyn. Be wna i â cheffyl Emilie druan? Mi faswn i'n gwneud cam ag o wrth ei adael i besgi mewn cae am weddill ei oes, a chyn bo hir mi fydda i'n rhy hen i ofalu amdano beth bynnag. Ac os dwi'n cofio'n iawn, mae'r ceffyl yma wrth ei fodd yn gweithio, yn tydi? Mae gen i – sut galla i esbonio hyn? – mae gen i gynnig i'w wneud i ti. Rydw i'n fodlon gwerthu ceffyl Emilie i ti.'

'Ei werthu?' meddai Albert. 'Ond alla i ddim fforddio talu digon amdano. Mae'n rhaid eich bod chi'n gwybod hynny. Fe lwyddon ni i gasglu chwe phunt ar hugain rhwng pawb, ac fe daloch chi wyth ar hugain amdano. Sut mae modd i mi ei brynu ganddoch chi?'

'Dwyt ti ddim yn deall, gyfaill,' meddai'r hen ddyn, gan geisio cadw wyneb syth. 'Dwyt ti ddim yn deall o gwbl. Mi wertha i'r ceffyl yma i ti am un geiniog yn unig, *ac* am dy addewid calon. Dwi am i ti roi dy air i mi y byddi di'n caru'r ceffyl yma am byth, fel y gwnaeth fy Emilie annwyl ei garu, a'th fod yn addo gofalu amdano hyd ddiwedd ei oes; ond yn fwy na hynny, dwi am i ti adrodd hanes Emilie fach wrth bawb – dweud am y gofal a roddodd hi i dy Shoni di, ac i'r ceffyl mawr du ddaeth i fyw efo ni. Ti'n gweld, gyfaill, dwi isio i Emilie fyw am byth yng nghalonnau pobl eraill. Mi fydda i'n marw cyn bo hir, mewn blwyddyn neu ddwy, dim mwy; ac wedyn, fydd yna neb ar ôl i gofio fy Emilie fach i fel roedd hi. Does dim teulu'n fyw i'w chofio hi. Fydd hi'n ddim ond enw ar garreg fedd na fydd neb yn ei darllen. Dwi am i ti adrodd hanes Emilie wrth dy ffrindiau adref. Oni bai am hynny, fydd neb yn gwybod ei bod hi erioed wedi byw. Wyt ti'n addo gwneud hyn i mi? Fel yna, mi fydd hi'n byw am byth, a dyna dwi isio'n fwy na dim. Wyt ti'n fodlon taro bargen?'

Roedd Albert ormod dan deimlad i'w ateb. Cynigiodd ei law, ond anwybyddodd yr hen ŵr, gan osod ei ddwylo ar ysgwyddau Albert, a'i gusanu ar bob boch. 'Diolch,' meddai. Ac yna ysgydwodd law pob un o'r milwyr ar y buarth, cyn hercian yn ôl ataf i o'r diwedd. 'Hwyl fawr, gyfaill annwyl,' meddai, gan blannu cusan ysgafn ar fy nhrwyn. 'Oddi wrth Emilie,' meddai, cyn cerdded i ffwrdd. Doedd o ddim wedi mynd tri cham cyn iddo droi i'n wynebu ni eto. Pwyntiodd ei ffon gnotiog tuag atom a'i hysgwyd yn chwareus gan ddweud, â gwên fel giât ar ei wyneb, 'Mae'n wir felly, yr hyn mae'r Ffrancwyr yn ei ddweud am Brydeinwyr. Rydach chi'n well na ni am un peth – am gadw llygad ar y geiniog. Yn dynnach na ni. Dwyt ti ddim wedi talu'r geiniog 'na i mi, gyfaill.' Estynnodd y Sarjant Blwmin geiniog o'r bocs bach a'i rhoi i Albert, a rhedodd yntau â hi at daid Emilie. 'Mi fydda i'n trysori'r geiniog yma,' meddai'r hen ŵr. 'Mi fydda i'n ei thrysori am byth.'

Ac felly y Nadolig hwnnw mi ges i fynd adref, a hynny efo Albert yn fy marchogaeth i drwy'r pentref. Yno'n aros amdanon ni roedd y band pres lleol a'u cerddoriaeth yn gymysg â'r sŵn hyfrytaf erioed – sŵn clychau'r eglwys yn canu. Fe gawson ni'n croesawu adref fel arwyr, ond roedd y ddau ohonon ni'n gwybod mai'r arwyr go iawn oedd y rhai na chafodd ddod adref o gwbl, y rhai a oedd yn dal i orwedd yn Ffrainc efo'r Capten Nicholls, Talfryn, Friedrich, Eddie ac Emilie fach.

Mi briododd Albert â Myfi, yn union fel roedd Albert wedi'i addo. Ond chymerodd hi ddim ataf i o gwbl, na finnau ati hithau a dweud y gwir. Mae'n ddigon posib mai cenfigen oedd y drwg yn y caws – o'r ddwy ochr. Mi es i'n ôl i weithio ar y fferm efo 'rhen Cari annwyl, a edrychai'n union yr un fath â phan adewais i. Cydiodd Albert yn yr awenau ar y fferm unwaith eto ac mi gafodd ailddechrau canu clychau'r eglwys – rhywbeth roedd wrth ei fodd yn ei wneud. Roedd o'n sgwrsio efo fi am bob math o bethau o fore gwyn tan nos: am ei dad a oedd yn prysur heneiddio – roedd hwnnw'n dotio arna i gymaint ag roedd o ar ei wyrion a'i wyresau erbyn hyn – am y tywydd ac am bris y farchnad ac, wrth gwrs, am Myfi. Ac yn wir i chi, roedd ei bara hi mor flasus bob tamaid ag roedd Albert wedi honni. Ond er i mi wneud fy ngorau glas i gael un, ches i erioed un o'i phasteiod enwog hi – a wyddoch chi beth, wnaeth hi erioed gynnig un i mi chwaith.